神通明美 短編集

あきつ流るる……

鳥影社

あきつ流るる……

──神通明美　短編集──

目次

あきつ流るる……

草結び

「なに、ぽかんとしておる。瞳も早う放り出さんかい」

裏庭を背にして祖母が言った。肩で大きく息をしている。

「この子も？　なんで？」

母が私を引き寄せ、両腕で包み込むようにした。

私は母の腰にしがみついて、恐る恐る祖母とその後ろに見える赤いセーターを見ていた。赤いセーターは、いとこの晴恵《はるえ》だ。晴恵は、数日前から降り積もった雪に腰近くまで埋まって、両手で目をこすりながら泣いていた。「おぼくさん（仏供飯）」の器を割ったのにそれを素直に謝らなかったというので、今し方、祖母に縁から外へ突き出されたのだ。

「なんでって、とにかく、そうさっしゃいと言ったらそうさっしゃい」

首の血管を太く浮き上がらせて、祖母が掠《かす》れる声を絞り出した。

「だって、瞳は何もしてないのよ。悪いのは晴恵でしょうが。ばあちゃんが甘やかすもんだから、晴恵、わがままで意地っ張りで」

「ええい。分かっとるわい。瞳が悪うないがは、よう分かっとる。そやけど、叱るときは一緒に叱らんにゃ、どの子のためにもならんまい。そんなことぐらい、おまさ（おまえさん）、その年になって、分からんかい」

祖母の顔は上気して赤く、右目の下のほくろはいつもより黒く大きく見える。

「分かったわよ。同じようにすればいいのね。瞳も同じように」

母が甲高い声で恨めしげに言ったかと思うと、私を包んでいた腕の力を抜いた。

危ない！　と直感し、私は母から離れようとした。けれども、そのときにはすでに私の体は母によって抱え上げられ、晴恵が祖母からされたと同じように縁から外へ突き出されていた……。

今から六十年前のことだ。当時、私と晴恵は五歳。祖母は、いつも黒っぽい和服を着ていたので、もう少し年取っていたように思っていたのだが、母の生まれ年などから逆算すると、今の私に近い年齢だったのではなかろうか。


その夜、私は夢を見た。その中で私は泣いていた。あがけばあがくほど深みにはまり込んでいく底なしの雪への恐怖、自分は悪くないのに晴恵に付き合わされて同じように雪の中に放り出されたことに対する不満、怨《うら》み、そうした思いを訴えたくて声を張り上げて泣いていた。

目が覚めると頬が冷たく、枕が濡れていた。枕を横にやり布団を鼻まで引き上げた。けれども、耳の奥底ではなお泣き声が続いていた。もしかしたら晴恵も泣いているのかもしれない。

耳を澄ましているとますます頭が冴《さ》えてしまい、手洗いに行こうと廊下に出た。居間の電灯がついていて、障子にぼんやり人影が映っていた。

母さんだ！

障子に手をかけ開けようとしたとき、向こうから祖母の声が聞こえてきた。

「そりゃ、晴恵も瞳もおんなじ孫や、二人ともかわいいよ。そやけど、どっちがよりかわいいかと聞かれたら、わしは答えるやろうね、晴恵のほうやって」

高く低く波のうねりのように話し、ときどき咳《せ》き込んだりしているのは、きっと母に腰や足を揉《も》ませているからだろう。

「どうしてって、瞳にはふた親が揃っとる。そやけど、晴恵はそうじゃない。それに晴恵は、わしがこの肌で温めた牛の乳や重湯《おもゆ》を飲ませて育てたんや。そう思うのも当然やろう」

私は足音を忍ばせて離れへ戻った。そして、布団に入ると、眠れないままに祖母の言葉を反芻した。そして、自分に言い聞かせるように口の中で言ってみた。（確かに、ばあちゃんが言うとおり、晴恵ちゃんはかわいそうな子かもしれない。お母さんが早くに亡くなり、お父さんは戦争に行ってまだ帰らないんだから）

それでも、納得できないという思いは消えなかった。だから、頭の上まで布団を引き上げると、声に出して言った。

「ふん。ばあちゃんなんて大嫌い。母さんも嫌い。あーあ、どうしてこんなところへ来たのかなあ。新義州《しんぎしゅう》のほうがずっとずっとよかったのに」

私は、敗戦から一年後の昭和二十一年の秋、父母や妹と一緒に、朝鮮半島から引き揚げてきた。中国との国境を流れる鴨緑江《おうりょくこう》の河口の町・新義州から、収容所を転々とし、時に野宿もしながら、徒歩と無蓋《むがい》列車を乗り継いで、命からがら故郷へ帰ってきたのである。

といっても、戦争が終わったとき私は四歳と五ヵ月。これらすべてを理解できたはずはなく、後になって分からないことや繋《つな》がらない部分を父や母から聞いたり本で調べたりして補ったところ、そうなるということであるが……。

そして富山市北部を流れる常願寺川《じょうがんじがわ》の川沿いにある旭村《あさひむら》の母の実家に身を寄せ、そこで四年間暮らした。母の話では、博多に上陸するまでは、父の実家に帰る予定だったという。ところが、富山市中心部の空襲で家を失った親戚が先に転がり込んで蔵に住まわせてもらっていると知り、急遽、母の実家に変更したのだそうだ。

その家に辿《たど》り着いたときのことは、よく覚えている。

富山地方鉄道の常願寺川左岸の小さな駅に下車して、踏切を渡り、短い商店街を抜けると、荷馬車でも通れるほどの道が、刈り入れどきの稲田の中を走っていた。そこを十分ほど歩いて十字路で左に折れ、常願寺川の土手に向かって破れたズック靴——母の話では、新義州を出発してから三足目の靴だったという——を引きずりながら歩いていると、母が突然、頓狂《とんきょう》な声を上げた。

「瞳。ばあちゃんよ。ほら、あの畑の中」

母が指さすほうを見ると、なるほど、土手の手前の小さな集落の端に丸くうずくまる人の姿があった。

「ね。見えるでしょう。あれ、間違いなく、ばあちゃんよ。ばあちゃん、って言ってごらん、大きい声で」

私は母に促されて「ばあちゃん」と叫んだ。けれども、いくら声を張り上げても、五、六百メートル向こうである、届くはずはなく、その人は相変わらず俯《うつむ》いて何かをしていた。

堪《こら》えきれなくなったように母が走り出した。妹を背負い、私の手を引き、「母さん」と呼びかけながら。

私もつられて声を限りに叫んだ。

「ばあちゃーん」

すると、それまで俯いていたその人が顔を上げて立ち上がり、手庇《てびさし》をしながらこちらを見た。

「ああ、やっと気が付いてくれた」

母は安堵してどっと疲れが出たのだろう、崩れるようにその場に座り込んだ。

けれども私は走り続けた。そして、畦《あぜ》を走り、溝《みぞ》を飛び越え、畑を横切ると、走り寄ってきた祖母の胸の中に飛び込んでいった。

そのようにして私たちは母の実家に住むことになった。

当時その家には祖母と、私と同じ年の晴恵と、二人だけが住んでいた。――と思っていたのだが、最近、母から聞いた話では、疎開していた大学教授が離れに下宿していたという。そのために私たち家族はしばらくの間、納屋の二階で生活しなければならなかったということだが、私にはなぜか、その記憶がない。

晴恵は、母の次兄の長女であったが、生まれて二週間後、母が亡くなり、その後父が出征したので祖母によって育てられていた。

牛の乳や重湯で育ったというのに、晴恵はよく太り、頬が赤かった。一方私のほうは、引き揚げてくる道中も、父や母が衣服と交換したりして手に入れたおにぎりや餅、干し魚などを、父母の分まで食べさせてもらっていたというのに、痩《や》せて目の下も窪んでいた。

「おぼくさん」騒ぎがあった冬も終わり、昭和二十二年四月、私と晴恵は藤の森小学校に入学した。旭村より川上の集落にあった学校で、そこからの二キロばかりの田んぼの中の道は、それからというもの、二人にとって格好の遊び場になり、いたずらの場になった。

田に水が入る前だから、四月の終わりか五月の初めだったのではなかろうか。

晴恵が立ち止まって、

「あれ、何やろう」

と、左手の田の中ほどを指差した。

見ると、鍬《くわ》で起こされた田の土の上を小動物がよたよたと走っていた。

「もぐらだ！」

二人はほとんど同時にそう叫ぶと、鞄を道に置いて田の中に走り込んだ。そして、「それっ。それっ」と囃《はやし》し立て、笑いながら、挟《はさ》み撃《う》ちの格好でもぐらを追い立てた。

すると、もぐらはあわてふためいて、つんのめりながら逃げていたが、やがて地上では逃げきれないとみたのだろう、前足で土を掘って潜ろうとした。それを潜らせまいと晴恵が後ろ足を引っ張ると、もぐらはくるっと体をねじって、白い牙をむく。

「キャッ」

と叫んで晴恵が振り捨てると、もぐらはまた、でこぼこする田面《たづら》を、しゃもじのような足でぱたぱた叩《たた》きながら死に物狂いで逃げていく。それを再び追いかけて今度は私が捕まえ、気味悪さに放り投げ……、そんなことを飽きるまで繰り返し、家に帰るころにはズボンも靴も泥だらけになっていた。

道の草を結んで人を転ばすという、少々質の悪いいたずらをしたこともある。

旭村には、私と晴恵のほかに藤の森小学校に通う、一年上の生徒が二人いた。隣の家の孝次《こうじ》と、牛を飼っている家の稔《みのる》で、二人もまた私と晴恵のように、登下校はもちろんのこと、虫捕りや魚釣りにも連れ立って歩いていた。

久し振りに雨が上がり、草や木が息苦しくなるほどその葉を繁らせた六月の末、下校途中に晴恵が言った。

「ねえ、あの二人、まだここ通っとらんよね」

「うん。私らが出てくるとき、校庭でめんこしとったわ」

「じゃ、さあ、あれせんけ？　この前、二人に仕掛けられた、草を結ぶあれ」

私が返事もしないうちに、晴恵はもうしゃがみ込んで、草の先を結び始めた。

「だってさあ、孝次ったら、すぐ人をばかにする。それに、ちょっとばかりものを余計に知っとるからって、偉そうにしとるし」

なに突っ立ってるの、あんたも早く結んでよ。そんな目付きで晴恵は私を見上げてきた。

私は、あわてて道へしゃがみ込み、晴恵のするように二重結びに草を結んだ。肌の焼けるのが分かるほど日差しが強いというのに、草はひんやりと冷たく、結ぶと青い匂いが立つ。二、三十センチ置きに二つ三つ結び、五、六メートル先へ走って、また結んだ。そうしながら私は、どうして晴恵は孝次のこととなるとこんなふうに口を尖《とが》らすのだろう、と考えていた。今日のことは昼の休み時間に、ばあちゃんから聞いたムジナの話――「常願寺川の土手の下に冷川《つめたがわ》という川があるやろう。あの横の道を夜遅く歩くと、ムジナが悪さするそうや。白い煙みたいなもんがぼうっと目の前に立つんで、何やろうと思って見ておると、みるみる上へ延びて、てっぺんが見えんくらい高くまで延びて、呆気《あっけ》にとられておると川に引きずり込むちゅう話や。そやさかい、暗くなってあの辺に行ったらあかん。わかったな」という話――を級友たちに眉をひそめながら得意気に話して、

「ああ、また、ばあちゃんから聞いたんやろう。そんな話、おまえ、本当に信じとんがかい」と鼻で笑われたものだから悔しいのだろうと推測はついた。だけど、その後二時間もたっているのに、まだその気持ちを引きずっているなんて、ちょっとしつこい。もともと性が合わないのか、それとも自分の知らない何かが以前から二人の間にあって……。

今にも泣き出しそうな晴恵のことを気遣う様子もなく笑い転げていた孝次の、切れ長の目と白い額が浮かんだ。すると、もしかしたら晴恵は自分でも気が付かないで孝次を好きなのでは？ふとそんな考えが浮かび、胸の辺りが波立ってきた。

できるだけ見えないように低い部分で草を結び、表面は取り繕《つくろ》っておいたのだが、孝次と稔はその日も翌日も知らん顔であった。

結び方が悪くて見破られてしまったのだろうか。そう思っていると、

「晴恵。瞳。ちょっとここに来て座らっしゃい」

夕方、外から帰った祖母に不機嫌な声で呼ばれた。恐る恐る行ってみると、祖母は仏間で仏壇を背にして座っており、

「おまえらか、道の草を結んだがは」

と、いきなり額に皺《しわ》を寄せた怖い顔で聞いてきた。

「えっ、何のこと？」

晴恵がとぼけた。

「なんや、知らんがか？　瞳、おまえも知らんがか？」

「えっ？　ん……」

私は、困ってしまった。こんなとき、自分は何と答えたらよいのだろう。

「そうか。……とにかく、向かいの寺の権現《ごんげ》（住職）はんがそれにつまずいて足を捻挫してしまわれて、しばらくは檀家回りもできんやろうって困っておられたわ。それで、わしは、おまえらのしたことやったら、すぐにも謝りに行かせんならん思うて飛んできたんやが……。そうか、知らんがか。じゃ、稔と孝次かもしれんな」

どうやら祖母は、稔と孝次のしわざと決めたようであった。

私はそのままにしておけなくなった。だから、俯いて、小さい声で言った。

「稔ちゃんや孝次ちゃんがしたんと違う」

「ん？」

祖母が私をのぞき込んだ。

「稔や孝次じゃない言うたんか？　ということは、やっぱり、おまえらのしたことやと」

「違う。私は知らん」

晴恵が頭を横に振りながら、後ずさりした。

「知らん？　そんなら、瞳一人でやったんか？」

私と晴恵の両方を見て返事を待っている祖母の目を、私は息を詰めて上目遣いに見ていた。

けれども間もなく祖母が、

「そうか。まあ、権現はんのことは、どうせ子供のいたずらやろうからって笑っておられたし、今回は黙っておくが、これからは絶対そんないたずらをしてはいかん。分かったな」

と私をにらみつけて立ち上がったときには、その目の下のものを引きむしりたくなった。


祖母の右目の下には、黒豆より少し大きいくらいの、袋状になったほくろがあった。

「ばあちゃんの目の下には、どうしてこんなものがあるの？」

母の実家に落ち着くと、父と母はさっそく外で働き始めた。父は朝鮮総督府の役人だったことから富山刑務所に再雇用され、母は田や畑の仕事をしたのである。それで日中、妹はよく、晴恵と祖母の膝を取り合ったものだが、うまく膝に乗ることができると、必ずと言っていいほど、そんな質問をした。そして、

「ああ、これか？　これはな、ばあちゃんがずっと若かった頃や。ほくろを取ろうと思うて医者で薬を付けてもろうたまではよかったんやが、その晩、絶対水を付けるなって言われとったた

がを、風呂ぐらい、いいやろうと思って入ってしもうたら、蒸気でやろうか、こんなひどいことになってしまうて」

「ふうん。痛いの？」

「いや、痛うはない」

「じゃあ、重いの？」

「いや、重くもないが、ただ、やっぱり、こんなもん目の下にあると、鬱陶《うっとう》しゅうてな」

大抵そんなやり取りになって、妹はそのあと、そっとそれに触れてみたりするのである。けれども、私はそのほくろが、カルメラや今川焼き、ころ餅（凍り餅）を焼いてくれるときには色も薄く小さいのに、怒ると黒く大きくなって、つんと起き上がるような気がするのだった。


七月に入ると、前庭の隅に大きいくちなしの花が咲いた。雨上がりの後にはことのほか白さが増して、よい匂いを放ったが、そんな日の昼下がり、私と晴恵は、学校から帰るとすぐに常願寺川を見に行く約束をした。いつもは上流のダムに堰《せ》き止められて、石や砂の間を細々と水が流れる痩《や》せこけた川であるが、雨が降り続くと、土手の高さすれすれまで水がくると稔が言ったからだ。すると深緑色の豊かな水を湛《たた》えていた鴨緑江のようになるのだろうか。そう思うと無性《むしょう》に見てみたくなって、私が晴恵を誘ったのだ。

そのようなときに子供だけで川を見に行こうなんて随分危険な話であるが、当時の年齢ではそこまで考えられなかったのかもしれない。

離れへ鞄を置きに行こうと台所の横を通りかかると、祖母と母の言い合う声が聞こえてきた。

「この前、常願寺川の土手が決壊しそうになったときも末男《すえお》はおらんかった」

末男というのは、私の父のことである。

「ああ、あのときは非常招集がかかってたんですよ。刑務官というのはそういう仕事なんだから、仕方がないでしょう。とにかく母さんには末男はあまり気に入られてないみたいだけど、元はと言えば、あの人との縁談は母さんの里からきたものだったんですからね」

「えっ。そうやったかね」

「そうよ。忘れてしまったの？　それに、あの頃の母さん、早う再婚せいと言わんばかりに私につらく当たったし」

「そんなことはなかろう」

「いえ。そうでした。朝早くから、やれ田んぼへ行けの、畑へ行けのって、うるさくって」

「ああ、それは、何も仕込んでないなんて言われて娘を戻されたんや、意地でもあんなふうにせんにゃならんかった」

「何も仕込んでないなんて、それは追い出すための口実よ。ちゃんと一人前に働いてました。だけど、あの人は自分の息子を取られたような気がしたのか、何やかやと嫌がらせをして……。まあ、こんなことは、姑と一緒に生活したことのない母さんには分かりっこない話でしょうけど。そんなことから言っても、私、今の末男との生活には不足は言えません。そういう争いがないだけ前の生活よりはましなんだから」

「そうかい。そやけど、こうして裸になって苦労しとるのを見るとな」

「裸になったのは、なにも、私らだけじゃありません。……ああ、もう、こんな話、やめましょう。子供らもそろそろ帰ってくる時刻だし」

私は忍び足で、そっとその場を離れようとした。ところがそこは板の間になっていて、歩くとギシッギシッと床が鳴った。

「瞳?」

母が言った。

「うん」

「そう。早かったのね。……ああ、今日はこのあと遊びに行かんといてくれる? ちょっと手伝ってもらいたいことがあるし」

「ええっ。……はあい」

と、返事はしたものの、それでは鴨緑江のように満々と水を湛える常願寺川を見に行くことはできない、と思った。

鞄を置きに行って板の間に戻ると、晴恵が口を尖らせて立っていた。祖母から同じことを言われたのだという。

「仕方がないよ。またこの次にしよう」

晴恵の肩を抱いて台所に入っていくと、竈《かまど》には蒸籠《せいろう》が載せられ、その周りで母と祖母が忙しそうに働いていた。台所の向こうの土間にはござが敷かれ、真ん中に臼《うす》が置かれている。

「あれっ。餅搗《もちつ》き？　おばちゃん、何かいいことでもあるが？」

晴恵が尋ねると、母は慌てて祖母のほうへ目をやり、それから口元に手を当てながら晴恵の耳のそばで言った。

「明日、じいちゃんたちの法事をするの」

「えっ？　じいちゃんの？」

「そう。じいちゃんや伯父ちゃんの」

と、母が再び低い声で答えるか答えないかであった。祖母の腹立たしげな声が後ろから飛んできた。

「晴恵。ここへ来て火の番をさっしゃい。それから、瞳は薪を取ってくること」

見ると、祖母のほくろがいつもより黒味を帯びて、つんと高く起き上がっている。

「はい」

と晴恵は竈の前へ行き、私は裏の物置へ走った。

「それが済んだら、伸《の》し板《いた》の上に餅とり粉を広げといて」

薪を運び終わると母が私に耳打ちしてきたが、時刻が気になるらしく、しきりに居間の柱時計を見ている。

蒸籠の真ん中を突き抜けて湯気が噴き始めたとき、祖母がこめかみの血管を浮き上がらせて言った。

「どいがい。結局、末男は今日も間に合わんちゅうことかい。何時に始めるって、おまさ、言うといたがか？」

「言いましたよ、お昼過ぎからって。そしたら、分かった、いつもどおり帰るからって」

「いつもどおりちゃ、何時のことい」

「あれ。だから、夜勤明けのときは大抵、十時ごろに……」

「十時？　なら、もう、とっくに帰っとらんならんがだねかい。ええい。もういい。末男はあてにせん。晴恵。隣のかあちゃんに頼んできてくれんか。人手がないもんで、ちょっと手伝ってもらえませんかって」

「ええ――」

と言って晴恵がしぶしぶ立ち上がったとき、

「ああ、晴恵ちゃん、いいわよ。おばちゃんが行くから」

母が割烹着を外しながら言って勝手口から外へ出ていこうとした。

その背へ投げつけるように祖母が言った。

「そやから、あのとき、朝鮮へなど行くなって言うたがだねかい」

父が帰ってきたのは、その日の夕方、餅搗きがすっかり終わってからであった。疲れきった顔をして離れへ行くと、制服の上着を脱ぎながら母に言った。

「いやあ、囚人が夜中に自殺を図ったもんだから、その始末に大変でね。まあ、幸い発見が早かったから命は取り留めたが」

「そうですか。それはよかったですね」

「うん。しかし、本人にとっては、それでよかったのかどうか」

「……どういうことですか」

「いやね、戦場から気が狂って帰ってきた息子を持て余して殺してしまったという男で、始終、死にたい、死にたいと言っていたんだよ」

「そうですか。そういう人もいるんですねえ」

と応えたものの、そのあと何と言ったらいいのか、言葉が見つからないといった顔で母は居間に戻り、祖母にもある程度そのへんを説明したようだが、祖母の不機嫌は直らなかった。そして、そのあと着替えて出てきた父が、

「餅搗き、結局、二人でやられたんですか」

と尋ねても、

「ふん」

と言って背を向けてしまい、結局その夜、父と祖母は一言も言葉を交わさなかった。

そして、翌日の法事の席に父は顔を出さなかった。

「法事やいうてもお寺から来てもらうだけやさかい、末男には、忙しいがに無理してまで出てもらわんでもいいぞい」

祖母が母にそう言ったからだ。

終日離れから出てこない父を、私は心配になって時々、見に行った。父は、いつ行っても肘《ひじ》枕《まくら》で、眉間に皺を寄せて目をつむっていた。

「母さんと父さん、恋愛結婚？　お見合い結婚？」

私は、権現はんが帰ったあと台所で椀を拭いている母のそばに行って小声で尋ねた。

「えっ。そんなこと、また急にどうしたというの？　お見合い。顔もほとんど見ないで結婚したの」

「へえー。じゃ、ばあちゃんも顔を見ないで？」

「ばあちゃん？　そう。もちろん。昔は大抵、そんなふうだったのよ」

「ふうん。だから、父さんのこと、あまり好きじゃないのかなあ」

「えっ？　ああ、何を言うかと思えば、そういうこと。……そうね。性格は、どちらかと言えば、合わないかもしれないわね。だけど今のばあちゃん、それだけじゃないから」

「それだけじゃないって、どういうこと？」

「寂しいんよ。ここ数年の間に身内の人が次々と亡くなったから」

「身内の人？」

「そう。じいちゃん、つまり、ばあちゃんの旦那さんのことだけど、その人も長女も病気で亡くなって、それだけでもつらかったのに、そのあと長男と三男が戦場で亡くなったと知らされたから。それで、次男の晴恵ちゃんのお父さんも、生きているのかどうなのか、全然消息が聞こえてこないし」

「だけど、それだからって、なにも父さんにいじわるしなくても」

「そうよね。それは、ばあちゃんもよく分かってると思うんだけど」

「もしかしたら、ばあちゃん、父さんの仕事、嫌いなのかもしれない」

「ああ、そうね。それもあるかもしれないわね」

「ねえ。母さん。ばあちゃん、朝鮮へ行くなって言ったの？」

「えっ？　ああ、昨日ばあちゃんが言ってたことね。それはね、朝鮮じゃ遠すぎるからよ。この家は、じいちゃんもその息子たちもみんな売薬さんで、田植えや稲刈りのとき以外は九州や埼玉のほうを回ってたの。それで、ばあちゃん、男の人みたいにこの家を守らなければならなかったから、時々厳しいことを言うんだけど、本当はお人好しで世話好きで、ものすごく寂しがり屋さんなの」

「えっ。そうなの？」

「そうよ。東京で働いてた私を、母危篤、すぐ帰れ、なんて、嘘の電報を打って富山に帰らせたくらいに」

「へえー。それでも、母さん、朝鮮へ行ったの？」

「そりゃそうよ。そのときには、瞳ちゃん、あなたも生まれていたし」

母はにっこり微笑んでそう言ったが、私はなぜか笑うことができなかった。

(ということは、私が生まれてなかったら、母さん、新義州へ行かなかったということだろうか)

ふと、そんなことを考え、頭が混乱したからかもしれない。


同じその夏のことだから、八月の初めごろであったのだろうか。私と晴恵は祖母に言われて、常願寺川の川原で木片を拾っていた。

雨が降り続くと常願寺川は、鴨緑江とは違って、土色の水煙を上げる濁流になる。その中を根こそぎにされた山の木や岩が音を立てて押し流されてくるのだが、雨が上がり、水が引くと、川原には流木や岩が遺物のように散乱している。そうした中から薪になりそうな二、三十センチぐらいの木片を拾ってくるようにと言われたのだ。流れに揉まれ、岩で擦《こす》られたものは、乾燥すると火のつきがよく、もってこいの薪になる。

拾い集めたものを藁《わら》で編んだ袋に入れて、それを二人で引きずりながら土手を上ろうとしていると、後ろから「おうい」とか「晴恵」などと声をかけてくる者があった。

足を止めて振り返ると稔と孝次で、それぞれが重そうにバケツをぶら下げていた。待っていて中をのぞくと、五、六センチの鮎が数匹、バケツの壁に突き当たりそうな勢いで泳いでいた。

「すごい！　どこで捕《と》ったん？」

晴恵が稔のバケツのそばにしゃがみ込んで興奮した声で聞いた。

「それは秘密」

稔がにやにや笑いながら言って、日に焼けた顔を上に向け、得意そうに胸を張る。

「網で捕ったん？」

「いや」

「じゃ、手摑《てづか》み？」

「まあな」

応えている間も分厚い口元が緩み、目がきらきらしているのは、手摑みにしたときの感触でも思い出しているのかもしれない。

晴恵も同じようなことを感じ取ったものか、

「ねえ。私らもそこへ連れてって」

体を起こして掌《て》を合わせ、哀願するように言った。

「ん？　……今すぐか？」

「うん」

「そうだなあ。どうしよう」

稔は偉そうに太った腕を組んでそう言うと、孝次を振り返って、

「どうする？」

と、にやにや笑いながら聞いた。

すると、孝次も色白の首を傾げて、

「うーん。そうやな」

と大げさに考えるしぐさをする。

「あ、そう。連れていってくれんがや。けち！」

晴恵が唇を尖らせて恨めしげに孝次を見ると、

「ほんなら、おまえだけ連れてってやるわい」

稔が晴恵の肩に手を置いて言った。

「私だけ？　瞳ちゃんは？」

晴恵がけげんそうな目で稔を見た。

「瞳か」

稔は初めて私がいたことに気が付いたかのように晴恵の肩に置いていた手を下ろすと、私を見て、それから私の後ろに回り、再び前に戻ると、

「瞳は、そんなこと、あんまり興味ないがでないか」

と、口の端を歪《ゆが》めて言った。

私は大きく目を見開いて稔を見た。どうして彼がそんなふうに言うのか、分からなかったからだ。自分も晴恵と同じように驚きの声を上げてバケツのそばにしゃがみ込んで、連れていってほしいと言わなかったからだろうか。だけど、特にそんなふうに言わなくても晴恵と同じ気持ちであることは、様子を見ていたら分かるはずだ。それに、晴恵とは大抵行動を共にしている。それも分かっているはずなのに、どうして稔はあんな言い方をしたのだろう。私が何か、彼の気に障《さわ》るようなことでも言ったからだろうか。あれこれ思いを巡《めぐ》らせていると、

「それに、服が汚れても困るやろうし」

稔が、私の着ていた白いブラウスの襟に目を当てながら言った。

「えっ？　ああ、それけ？」

晴恵が無邪気に口を挟んだ。

「それだったら別に、気にせんでもいいがや。襟に刺繍がしてあって好きなんやけど、去年何遍も着たし、来年は多分もう、小さくて着られんし」

晴恵としては、そう言えば稔は考えを変えて、

「そんなら二人とも連れていってやるわい」

と言ってくれるだろうと考えたのかもしれない。

けれども、稔の頭にあったのは、それとは別のことであった。

「やっぱりそうか」

と、稔はにたにた笑いながら私に近づいて、

「なんか見たことある、思うとったんや。そうか、晴恵が去年着とった服か。それを瞳に貸してやっとるちゅうことか」

と、私の着ているブラウスとズボンまでをじろじろ見て、さらに言った。

「俺さ、今まで言わずにおったんやけど、瞳がこの村に来たとき、見とったんや。瞳が『ばあちゃん』て、でっかい声で叫びながら畑におった晴恵のばあちゃんのところへ走っていくの、見とったんや。それで、うちのばあちゃんに言うたら、それは朝鮮から引き揚げてこらっしゃったんやろうって。だけど、あのときの瞳、ひどい格好しとったな。スカートの下にズボンなんか穿《は》いてよ、リュックの上に丸めたござまで背負って。まるで乞食やったわ。おお、それに、これは、あとから晴恵のばあちゃんがおれの家に来て言うとったことやけど、その日はちょうど祭の日で、ばあちゃん、赤飯一升蒸しとったんやと。ところが、そこへ瞳たちが帰ってきて、よっぽど腹減っとったんやろう、がつがつ音立てて食べたんやと。それで、あっという間におひつが空っぽになったんで、ばあちゃん、もういっぺん蒸したんやと」

「やめろよ、そんな話」

と孝次が途中で遮《さえぎ》ろうとしても、稔は振り切るようにしてそこまで話し続けた。そして、ひ

と呼吸置くと言った。

「瞳。この話、嘘じゃないよな。だから、おまえ、怒らんよな」

私は仕方なくうなずいたが、本当は恥ずかしくて、自分が惨《みじ》めで、その場で死んでしまいたかった。

稔の言っていることは嘘でも誇張でもなかった。国鉄富山駅に着くと、私と妹と父は、駅前にあった床屋で散髪をした。

「せめて髪だけでもさっぱりさせてやりたいんだけど」

と母が父に言ってくれて、父が持ち帰ったなけなしの金からその料金を払ってくれたのである。それでも鏡に映った私の姿は、とても直視できるものではなかった。赤飯を音立てて食べたというのも本当のことだ。散髪の前に食堂に入ったが、食券がないとだめだと断られ、朝から何も食べていなかった。

だけど、そんな話を、稔はどうしてするんだろう。そして晴恵は、なぜそんな稔を止めてくれないのか。

涙で曇る目を指先で拭《ぬぐ》い、上目遣いに三人の様子を見ると、稔は一瞬目を逸《そ》らしたが、すぐに前に戻して、打ち据《す》えた虫がそのあとどうするかを見届けようとでもするかのように、薄笑いを浮かべながら私を見ていた。そして晴恵と孝次は、そこまで行ってしまった以上どうすることもできないといった目をして、私と稔をただ、おろおろと見ているだけであった。

独りだと思った。晴恵も孝次も私を助けてはくれない。いや、いざとなったら二人は稔の側につくのかもしれない。だって、三人は、私がこの村に来る前からの遊び友達だったんだから。涙が噴き上げてきた。私は顔を覆ってその場にしゃがみ込んだ。そして、稔と孝次が何やらささやいて、土手を上り、その向こうへ見えなくなるまで、時々しゃくり上げながら泣き続けた。


旭村に住んで二度目の冬、私たち姉妹に弟が生まれた。

「今度は男の子をと祈ってはいたんだけど、本当にそうなるなんて」

と父と母は喜んだが、それでも春になると、母はその子を祖母に預けて田や畑に出ていった。ほかに人手がなかったことと、いくら実家とはいえ、親子五人が食べさせてもらっているという負い目から、そうせざるを得なかったということなのかもしれない。

稲の穂がつんつんと伸びて田が匂い始めたある日、学校から帰った私は、役場まで書類を届けるように母から言い付けられた。

当時は戦後の混乱期、大人は家族を食べさせるために必死だったから、子供がそうした用事をすることも結構あったらしい。それに、書類といっても、子供でも用が務まる程度のごく簡単なものだったのだろう。

ただ、その日は、祖母は朝から寺の仕事の手伝いに出掛けており、母は田の草取りの仕事があるので、弟をおぶって行くように、ということであった。

晴恵と妹がそのとき、どこでどうしていたのか、そのへんの記憶は全くない。弟を見てくれなかったことからすると、二人にもまた別の用事が言いつけられていたのではなかろうか。

何にしても、そのとき、

「えー。いやだ」

とでも私が言っていたら、そのあとのようなことにはならなかったかもしれない。けれども、私は特にそうした態度は取らなかった。新義州にいたときも、母が買い物に出ていたときなど、一人で妹のお守りをしていたからだ。

ところが、その日は午後から気温が異常に上がり、五分と歩かないうちに背中が汗でずくずくになった。書類を届けて家に帰ると、弟は頭をのけぞらせてぐったりしていた。急いで背中から下ろし、晴恵に母を呼びに行ってもらった。母は慌てて帰ってきて、すぐに富山赤十字病院へ弟を連れていった。そしてすぐに入院。父も駆けつけて、できる限りの処置をしてもらったということだが、一週間熱が下がらず弟は息を引き取った。死因は日射病ということであった。

私は、自分が弟を死なせたような気がした。だから何度もそれを口にしようとした。が、怖くて、どうしても言えず、ただぽろぽろと涙を流していた。

母も、「あんな暑い日に瞳を役場にやらせた私が悪かったのよ」と自分を責めたり、「伝い歩きできるようになっていて、田んぼから上がってくると、にこにこしながら私を迎えてくれていたんだけど」と目を赤くして弔《とむら》いに来た人に話し、そのあと泣き崩れていたが、いくらそうしていても元に戻るものではなかった。

わずか八ヵ月の生涯で終わった小さい遺体は、冷川のそばにある村の焼き場で藁や薪を使って焼かれ、小さい骨壺に納められた。


弟が死ぬと、祖母が仏間で過ごす時間はまた少し長くなった。祖母は毎朝、ナンマンダブを唱えながら三体の仏の前に三つの「おぼくさん」を供えた。それが終わると、蝋燭《ろうそく》を灯し、線香を焚いて読経《どきょう》に入る。読経が終わると、また唱名《しょうみょう》で、唱名の間には、大きなあくびをする。今思うと一種の恍惚《こうこつ》状態で、間もなくパタリとつっ伏すと、それから数分間は声も出さなければ身動きもしない。やがて、再び顔を上げると、立ち上がって蝋燭の火を消し、「おぼくさん」を手にして出てくるのだが、そのときにはナンマンダブをまるで歌でも歌うように抑揚を付けて唱え続けている。そんなふうだから、仏間に入ってから出てくるまで、およそ三十分はかかっていたのだが、それが弟の死後、さらに五分は延びたような気がした。

それでも晴恵と私と妹の三人は、そうした日課を終えて仏間から出てくる祖母を、居間にちんまりと座って待っていた。

「これを食べると利口になれるぞ」

と祖母が言っていたお下がりの「おぼくさん」を一個ずつ、手の上へ落としてもらえたからだ。実際、口に入れると、幾分利口になれたような気がしたし、それに、そのご飯はなぜか、お碗に盛られた湯気の立つご飯以上に味があっておいしかった。

食事が終わると、父の出勤を母が見送り、そのあと母も野良着《のらぎ》を着て田や畑へ、というのが毎朝の風景になっていた。

ところが、その朝は違っていた。父を見送ると母は居間に仕立板を置いて、晴恵に宿題を持ってくるように、と言った。

(ああ、そうか。今日から夏休み。母さんが勉強を見てくれるのかもしれない)

急いで私も離れから鞄を持ってきて晴恵の横に座ろうとすると、祖母が言った。

「瞳。瞳は稔の家へ牛乳をもらいに行ってきてくれんか」

「はい」

と返事をしたものの、なぜ晴恵でなく自分なのかと不満を覚えた。

けれども、母のほうを見ても、母は晴恵が手渡した問題集をめくっていて、私のほうへは振り向いてもくれない。

仕方なく祖母から鍋を受け取って、五百メートルほど向こうの稔の家へ走った。そして、稔の家で鍋に牛乳を入れてもらう間、牛小屋の前に立って、牛の、音を立てて草を食《は》む、その口元や、蠅を払ってしきりに尾を振る、その様を眺めて気を紛らそうとしたが、納得できないという思いはやはり消えなかった。

急いで牛乳を持って帰り、今度は母の横に座ろうとした。ところが再び、祖母が言った。

「瞳。今度は、これを隣の家へ持っていってきてくれんか。ほんの一口だれど食べてみてくたはれって。煮物だから、汁をこぼさんように気ぃ付けて持っていくんやぞ」

しぶしぶ立ち上がり、渡された風呂敷包みを持って蝉時雨《せみしぐれ》の下の路地をそろりそろりと歩いていった。

と、いつだったか似たようなことがあったことを思い出した。

それは、晴恵が私より悪い点数のテスト結果を持って帰った日の午後であった。祖母が母に向かって不機嫌な声で言った。

「今日はこれでもう、畑には行かんでいいぞい。それより勉強や。勉強を見てやらっしゃい。瞳は見んでいい。晴恵のほうを見てくれっしゃい」

多分、今日のこの雰囲気も、昨日もらった通信簿のせいだ。

ようやく納得がいったが、母を無理やり取られたようで、そんなことを平気でする祖母が憎らしかった。そして、そうした祖母に黙って従い、私のことを庇《かば》おうともしない母にも不満と不信の念を抱いた。

あれは、祖母と母がお盆のお供え物の支度をしていたことからすると、八月の十日過ぎだったのではなかろうか。

私たち旭村の小学生四人は、村を出て水車小屋の横を通り、常願寺川の土手を駆け上がった。前日、上流にある、土手と中州に囲まれてできた沼で、そこの主《ぬし》のような蛇を見たと稔が言ったからだ。

「かあちゃんに言われて蒲《がま》の穂《ほ》を採っていると、首を高く上げて水面を猛スピードで滑ってきたから慌てて岸へ戻ったが、肝《きも》がつぶれたじゃ」

と稔は言った。まだ興奮も覚めないのか唾《つば》を飛ばして話す稔を先頭に土手の上を歩いて沼近くまで行くと、稔がふと足を止めて孝次に聞いた。

「おまえんとこの離れにいたふたり、出ていったんか」

「ん？　……うん」

「いつや？」

「一週間ほど前」

「そうか。……やっぱり、あの二人、兄妹じゃなかったんやって？」

稔が言っているのは、孝次の家に間借りしていた若い男女のことである。戦禍《せんか》を逃れてきたもののの頼るところがないと言って駅で困り果てていたのを孝次の母が連れてきて、離れに住まわせたということであった。ふたりとも顔も姿もすっきりときれいで、言葉はいつも標準語だった。兄妹だというのは、孝次の母にふたりがそんなふうに説明したからである。

「兄弟じゃないって、どういうこと？」

答えない孝次に代わって晴恵が聞いた。

「駆け落ちしてきとったんやと、東京から」

「えっ？　……駆け落ち？」

目を丸くして私を振り返った晴恵から目を逸らし、私はひと月ほど前に目にした光景を思い浮かべた。

晴恵と二人で蛍を捕って帰った夜のことだ。籠の中にもう少し草を入れてやろうと勝手口から庭に出て、杉垣の下の草を抜いて帰ろうとすると、くっくっと押し殺したような笑い声が後ろでした。気になって杉垣の隙間からそっと向こうを見ると、孝次の家の離れの灯が見え、その灯の中で、そこを借りて住んでいるふたりがシャツとシュミーズという姿で子供のようにふざけたり追っかけ合ったりしていた……。

（あのふたりが兄妹じゃない。駆け落ちしていた……）

「やめてよ！　そんな話。私、聞きたくない！」

私は思わず甲高い声で言っていた。そのあとすぐに、どうしてそんな言い方をしたのだろうと、自分で自分の心をのぞいたが、よくは分からなかった。

今思うと、ふたりについて抱いていたイメージが、それ以上聞くと壊れるような気がして、急いで稔の口を封じようとしたのかもしれない。

何にしても、そのままそこにいるわけにはいかない雰囲気になって、そっとその場を離れようとすると、稔が胸で私との間の空気をぐいぐい押すようにして近づき、口の端を歪めて言った。

「へえー。そんな話、聞きたくない？　じゃ、どんな話をいたしましょうか。虱《しらみ》の話でもいたしますか。虱が首のところをつつっと下りていった話でもいたしましょうか」

私は後ろに下がりながら、目を凝らして稔を見た。嫌がらせだとは思ったが、その意味がよく分からなかったからだ。

虱が首のところを下りていった話とは、私のことを言っているのだろうか。

博多港で引揚げ船を下りてすぐ、ＤＤＴの白い粉を頭のてっぺんからシャツの中まで振りかけられたことが思い出された。発疹チフスの原因になる虱などが国外から持ち込まれるのを防ぐためだと、母はしり込みする私に説明した。しかし、その粉の散布は、その後、学校でも行われている。長い戦争で衛生状態が悪くなっているということで、全生徒に対して、いや、先生に対しても、いまだに行われている。だから、稔の言ったようなことは私だけに限ったことではないのだが、それでも嫌がらせになると思って稔はあんなことを言ったのだろうか。いや、違う。それだけではないような気がする。と思わせるのは、あの言い方だ。稔には似合わない馬鹿丁寧な言い方だ。

いずれにしても、旭村に来てもう二年近く、私は私なりに早くみんなに溶け込もうと努力してきた。だけど、稔はいまだに私を受け入れてくれていない。いや、むしろ、除《の》け者にしようとでもするかのように、時々今のような嫌がらせをする。なぜだろう？　私が悪いのだろうか。私に、私自身気が付かない嫌なところがあるからだろうか。

溢れてこぼれそうになる涙を見られないように目を足元に落としたとき、稔が言った。

「とにかく、おまえ、よそもんのくせによ、ちょっと態度でかいんだよな。家もない引揚者なのに標準語なんかしゃべってよ」

なるほど、そういうことだったのか。稔はそれを言いたかったのか。だけど、それはすべて、私ではどうすることもできないことだ。二年前までよそ者であったことも、家のない引揚者であることも、私ではどうすることもできない。言葉だって、そう簡単に直せるものではない。

ああ、どうしてこんなところへ来たのだろう。新義州のほうがよかったのに。あそこでは一人として、こんなふうに嫌がらせをしたり、だれかをはじき者にしようとするような、いじわるな子はいなかった。みんな、いつも仲良しで、官舎の空き地で日が暮れるまで缶蹴りや鬼ごっこをして遊んだ。そして冬には、鴨緑江の厚く張った氷の上で穴釣りやスケートをした。氷が解けて、再び船が行き来する春を待ち望みながら。そう。鴨緑江は大小の船が行き来する水の豊富な大河であった。けれども河畔《かはん》に下りることもできて、春や夏にはそこで水遊びや魚捕りをした。こんなふうにズボンを膝まで上げて、そろりそろりと少しずつ足を入れていって……。ああ、新義州に帰りたい。もうこんなところにはいたくない……。

キーンと耳の奥で金属音のようなものが鳴って、体がふわっと浮き上がりそうになった。それを、肩に力を入れ、足を踏ん張りながらさらに前へと進んでいくと、後ろから孝次や稔や晴恵の叫ぶ声が聞こえてきた。

「危ない！　瞳ちゃん。どうしたんだよう」

「瞳。戻れ、早く！　沼の主が出てくるぞう」

「瞳ちゃん。戻ってよう。そんなところへ行くと溺れるよう」

けれども私は歩き続けた。蒲の向こうに広がっていく幾重《いくえ》もの水の輪が鴨緑江の水辺へ連れていってやるよとささやいているような気がして……。


どこかから人の泣き声が聞こえてくる。初めは亡くなった弟のもののような気がしたが、そのうち数人の泣き声であるように思えてきた。耳を澄ますと、その声は次第に大きくなり、近づいてきた。

私は急いで鴨緑江の土手を駆け上がった。一緒に遊んでいた子供たちも、後ろから同じようにしてついてきた。土手の上に立ち、川風に吹かれて並んで立っていると、やがていつものように、白い行列が近づいてきた。白い韓服を着た人々の葬列で、僧侶と親戚代表が柩《ひつぎ》を先導し、その後に泣き女、親戚と続いている。行列が目の前に来ると、私たちは指を折って泣き女の数を数えた。裕福な家であるほど泣き女の数が多いと言われていたからだ。それから、自分の身内でも亡くなったかのように涙を流し、体を捩《よじ》って泣く泣き女の表情を観察し、どの女が最も演技がうまいかを採点した。行列が過ぎると、追いかけていってもう一度泣き女をのぞき込み、そんなふうにして気が済むまでみんなでついていくというのが常であったが、今日はいつの間にやら私一人になっていた。振り返ってみんなを捜していると、今度は葬列も見失ってしまい、一人ぽつんと取り残された思いでいると、再び遠くから泣き声が聞こえてきた。

今度は晴恵の泣きじゃくる声であった。ところが、そのほうへ体を向けようとしても、なぜか体が重くて自由にならない。どうやら板の間に寝かされていて、服も体もずくずくに濡れているせいのようであった。

「なんでまたこんなことに……。晴恵。おまえ、見とったがでないがかい」

祖母のしゃがれ声が晴恵を叱りつけている。

「見とったよ。見とったけど……」

晴恵が、またしゃくり上げる。

「見とったがなら、なんで、おまえ、大きい声で止めんかったがい」

「止めたよ。止めたけど、瞳ちゃん、どんどん深いところへ入っていくんだもん」

「母さん。かわいそうに。もう叱らんといて。何か癇《かん》に触ることがあったんだと思うの。そんなとき、この子、よく引きつけを起こすから。それで新義州では、お灸《きゅう》をしてもらったこともあるんだけど。多分、大丈夫よ、静かに寝かせておけば」

二人ほどには慌てていない母の声が、祖母を執《と》り成《な》している。

「そいがかい。とにかく、隣のとうちゃんが通りかかったからよかったが、子供だけだったらどうなっていたことか。早う風呂へ入れてやらっしゃい。風呂でよう温めたら、布団を厚うして寝させてやらっしゃい。おお、そうや、おまさも一緒に寝てやればいい。親の体温で温めてやれば三途《さんず》の川の近くまで行っていた子でも戻ってくるというもんに」

しきりに私の額を手拭いで拭く祖母の声を聞きながら、私は眠りの淵《ふち》に沈んでいった。

このあと一年ばかりして、私たち家族は富山市中心部に引っ越した。祖母に気を遣って暮らす生活から早く抜け出したいと思った母が、シベリアで抑留されていた晴恵の父が帰国したのを口実に、夫すなわち私の父の実家に何度も足を運び、そこに家を建ててもらったのだという。

それでも私は、その後も年に数回は、家族と一緒に、あるいはたった一人で母の実家を訪ねていた。引っ越したところが工場跡地で近くに魅力的な遊び場がなかったことと、晴恵ほどに気の合う友達がなかなかできなかったからだ。それに、引っ越してからは祖母も優しく、私の好物を作って歓待してくれて、帰りにはたくさんの土産を持たせてくれた。

しかし、祖母が亡くなって間もなく晴恵の父も亡くなり、継母や異母弟とうまくやっていけなくなった晴恵が高校卒業と同時に家を出てからは、全く訪ねていない。

ただ数年前に一度だけ、仕事でその近くまで行くことがあって、短時間でだが、村の中を通り過ぎてみたことがある。

そのときの印象では、旭村も母の実家も、佇《たたず》まいは昔とほとんど変わらなかった。けれども、その周辺はかなり違っていた。富山市中心部まで車で十分もあれば行ける距離にあることから宅地化が進んで、母の実家のすぐ近くまで新しい住宅が押し寄せていたのである。

もちろん、私がござを背負って「ばあちゃん」と叫びながら走った砂利と草の道は、広げられ、舗装され、両側に建物が立ち並んで、昔とは全く別の道になっていた。そして、私が溺れそうになった、常願寺川の土手と中州に囲まれてできた沼は、土手を改修するときに潰されてしまったようで、本当にそんなものがあったのかと思えるほど、跡形もなくきれいになくなっていた。

別れ雪

母が死んだ。

そのことを電話で知らせてきたのは、母の再婚相手・岩田忠則《ただのり》の長男俊一《しゅんいち》だった。朝、なかなか起きてこないので俊一の妻の妙子《たえこ》が部屋をのぞくと、すでに息絶えていたという。

美和《みわ》は勤務先の農協へ電話をして忌引を取ると、車で四十分の岩田家へ向かった。

昨日の朝、岩田家へ帰るときに運転席で手を振りながら自分を見ていた母の茶色の瞳が瞼《まぶた》に浮かぶ。よく眠れたと本人は言い、傍目《はため》にも疲れているようには見えなかった。死因は心筋梗塞ということだが、人間というのはそんなに脆《もろ》いものなのだろうか。

母は三日前の夕方、上質のカシミアのコートを着てやってきた。ピンクのアイシャドーを上瞼に幅広く塗る派手な化粧はいつものとおりで、奥の部屋へ化粧品や着替えの入った布袋や紙袋を運ぶと、花柄のワンピース姿で居間へ現れた。そして、

「はい、これはイタリア旅行のお土産」

とテーブルの上にさまざまな形や色のパスタを広げた後、赤いビロードが貼られた小箱を美和の手に渡した。

開けると、中身は焦げ茶色の貝に薔薇の花を浮き彫りにした直径二センチ弱のカメオのブローチだった。

これまでこんなに高価なものをプレゼントしてくれたことなんて一度もなかったのに、一体どういう風の吹き回し？　気味が悪かったが、

「ありがとう、きれいね」

と一応、精一杯の世辞を言うと、

「でしょう。貝は、その色が年数の証で、そこに価値があるんだって。それに、カメオという顔を彫ったものが多いから、そうじゃないものを、と探したの。あなた、アクセサリーはあまりしないようだけど、そういうものをちょっと着けてると女らしくていいのよ」

母は上機嫌で、そのあと美和を台所のテーブルの前に座らせ、化粧をしてくれた。

今から思うと、あんなふうにして最期《さいご》の挨拶をしていったのだろうか。


岩田家は、十一年前に忠則が亡くなったとき祖母に言われて香典を届けており、どの家ということは分かっていた。横の草地に車を停めて、築地塀《ついじべい》風のコンクリートの塀に沿って前へ回ると、格子戸の入った和風の門の前にはすでに葬儀社の車が止まっていた。

美和はインターホンを押して、奥から出てきた妙子に深く頭を下げて挨拶した。

「鈴木美和でございます。今朝ほどはお電話をありがとうございました。遅くなりまして」

遅くなりましてと言い、ご愁傷《しゅうしょう》様ですと言わなかったのは、自分にとって母は親でも、俊一たちには他人だと思ったからだ。母は二十五年前、忠則と再婚したが、忠則の子の俊一、陽《よう》二《じ》とは養子縁組をしていなかった。

母の亡骸《なきがら》は、仏間に寝かされていた。横に座って顔の上の白布《はくふ》を取ると、母は薄い化粧をされて安らかな表情で目を閉じていた。五十代も半ばを過ぎたというのにきめの細かい肌は今もなお呼吸をしているように瑞々《みずみず》しく、薄く小さい唇は今の今まで動いていたかのように心持ち開いている。この目で上目遣いに自分を窺《うかが》うことも、この唇で自分を翻弄することも金輪際ないのだと美和は思った。ほっと安堵のため息が洩れた。が、同時に、涙腺が弛《ゆる》みそうになった。美和はうろたえ、自分を叱りつけた。どうして泣くの。この人は私と弟を捨てて男のもとへ走った人じゃないの。

白布を戻し、廊下に近い部屋の隅に移動した。葬儀社との打ち合わせが済めば、その内容について俊一から話があるはずである。

廊下の向こうには、雪吊りの施された広い庭が見えた。その木々を縫うように風花が舞っている。漂ったかと思うと斜めに駆け下り、再びふわりと舞い上がる。遠い日の朝が蘇《よみがえ》った。

その朝、包丁を使う音に目が覚めて階下へ下りていくと、流し台の前に立っていたのは母ではなく、綿入りのちゃんちゃんこで着膨《きぶく》れた祖母だった。

「母ちゃんは？」

美和は聞いた。

けれども祖母は背を向けたまま何も言わない。

もしかしたら裏の畑かもしれない。

美和は急いで勝手口から外へ出た。

けれども母の姿はどこにも見えず、ただ、葱《ねぎ》や大根がわずかに残る畑の上を、冷たい風に乗って細かい雪が舞っていた。首の辺りが寒くなった。あわてて台所に戻り、再び祖母に聞いた。

「ねえ。母ちゃんは？」

祖母が、覆いかぶさるようにして南瓜《かぼちゃ》に包丁を入れながら腹立たしげに言った。

「知らん。どこかへ行ったんだろう」

「どこかって、どこ？」

「さあ、知らん。とにかくこれからは、わしがおまえたちの母ちゃんだから」

「ええっ。ばあちゃんが母ちゃん？　いやだ、そんなの」

「いやだと言ったって、しょうがないだろう。母ちゃん、おらんようになったんだから」

「嘘だ。そんなこと」

美和は祖母の言葉を撥《は》ねつけて今度は表へ走った。けれども、首を伸ばし爪先で立って何度見渡しても、母の姿はどこにもなかった。

母が再婚したと知ったのは、祖母が雪を掻《か》きながら次のように呟くのを耳にしたときだ。

……自分の子さえ捨てる女が、他人の子なんか育てることができるんかね。

……どうせ、そのうち、泣いて帰ってくるさ。そやけど、わしは入れてなどやらん。この家に一歩も踏み入れさせるもんか。

美和は、雪の原に独り置いていかれた気がした。寂しく、恨めしく、泣き叫びたかったが、雪を掻く祖母の背を見ると、なぜかそうすることができない。急いでそこを離れ、村のはずれを流れる川の土手を駆け上った。そして、山の向こうに沈む夕陽に向かって雪つぶてを投げながら叫んだ。

「ばか。母ちゃんのばか」


通夜と葬儀は岩田家で行い、喪主は俊一が務めることになった。

美和はほっとし、救われた気がした。万が一、鈴木の家で喪主をし葬儀も出せと言われたら母がかわいそうだと思っていたからだ。

祭壇が運び込まれ、飾りつけが始まった。美和は、鈴木美和と弟の鈴木正育《まさいく》の名で生花と花輪の手配を葬儀社に頼んだ。イタリアへ出発する前、母は笑いながら言った。

「もしも飛行機が落ちたり船が転覆するようなことがあったら、葬式は賑《にぎ》やかなものにしてね。祭壇を飾る生花には笹百合や薄紫のトルコ桔梗を入れて。それから花輪は、連名じゃなく美和と正育、別々に立てて」

去年は韓国へ、おととしはベトナムへ、母はツアーで行っており、そのつど行く前に同じようなことを言っていた。が、花輪の数のことまで言ったのは今回が初めてである。中近東の情勢が不穏なので、いつどういう事件に巻き込まれるか分からないと思ったのかもしれない。それとも、自分の体に何かしら不安を覚えていたのだろうか。

弟は海外へ出張していて、その日までには帰国できないということで美和のみが出席したが、俊一の手配が行き届いていたからだろう、通夜も葬儀も滞《とどこお》りなく行われた。が、参列者は近所の人が多く、それ以外は少なかった。大手電力会社の課長だった忠則が生きておれば、弔問者も多数来たかもしれない。けれども、忠則はひと昔前に亡くなっており、その関係者は皆無だった。俊一は中学校の教員であり陽二は学習塾の先生だが、同居はしていても法律的な親子でないからか、校長と塾長名の弔電と、数人でまとめられた香典が五、六袋来ただけであった。

葬儀が終わると美和は、霊柩車のあとを走る車に乗った。そして静かに滑るように走る車の中から冬晴れの空を見上げて繰り返し思った。この人に振り回される生活がこれでようやく終わった……。

母は、父が亡くなって三年足らずというのに、十一歳の美和と七歳の弟を祖母に任せて、二人の子供がいる岩田忠則と再婚した。そしてその後ほとんど音信不通だったのに、祖母が亡くなった途端、鈴木の家に出入りするようになった。

五年前に祖母が亡くなったとき、美和はそのことを母に知らせなかった。家を出て他家の人となったのになんで連絡することがあろう。それなのに新聞の死亡欄でも見たのか、母は通夜にも葬儀にも四十九日にもやってきた。

通夜や葬儀のときは人の目もあるので、美和も弟も見て見ぬ振りをした。が、四十九日の日、納骨が終わったあと、美和は腹に据えかねて言った。

「二十数年間知らん顔をしていて、今になって何ですか」

「なにもそんな怖い顔をしなくても……。おばあちゃんも亡くなられたし、何か役に立てないかと……」

「役に立てないか？　今さら何を言ってるんだ。二度と来るな」

弟が荷物と一緒に母を外に突き出した。

あのくらいは言って当然と思う一方で、少しかわいそうだったかなと気にかけていると、半月後、母はけろりとしてやってきた。

しおらしい言い方で、「ちょっとお参りさせてもらっていい？」と上がり框《がまち》に立っている美和の表情を窺い、美和が戸惑っていると、横を擦り抜けて仏間へ行き、般若心経を読み始めた。

美和は呆気に取られてただ眺めていた。そして、母が帰ったあと考えた。一体どういう神経の持ち主なのだろう。

次に母が来たのは、それからまた半月後、ちょうど祖母の命日だった。お経をあげてもらっていると、いつの間にか美和の後ろに座っていて、終わると僧侶にお茶を出し、話の相手をした。美和は、自分とは違う人種を見る思いがした。そして、自分もあんなふうならどんなに気楽だろうと思った。自分本位で、人の目も人の思惑も気にならない。

春の彼岸のことだ。母がぼたもちを持ってやってきた。仏壇に供え、お経もあげてくれたのでしぶしぶお茶をいれていると、上目遣いに美和を見ていた母がぼそっと言った。

「あんな亡くなり方をされると、なかなか立ち直れなくて……」

と。父のことである。父は酔って車を運転していて電柱に衝突、頭などを打って死亡した。

「自損事故だから恨みつらみの持って行き場もないし……」

そしてさらに次のようなことを言った。だけど収入がなくなったからどこかに勤めなければならない。そこで持ってた資格を使って美容院に勤めたの。ところが、気が滅入って接客の仕事だというのに笑顔が作れない。そしたらお客が、二年前に奥さんを亡くした岩田を紹介してくれた。それで会っているうちに結婚という話になって……。もちろん、ずっと茶飲み友達で行くことも考えてみた。だけど岩田は五歳と三歳の子供の母親になる人を求めていた。それであなたたちを連れて嫁ごうと思ったの。岩田もそうしたらいいと言ってくれたから。ところがおばあちゃんが、あなたたちを絶対離さないと言って。どうしても連れていくのなら美和だけにしてほしいって。多分、鈴木の家の跡取りを手元に置いておきたかったんだと思うわ。だけど、それでは正育がかわいそう。で、すったもんだしたあげく、身を切られる思いだったけど一人で家を出ることに……。

母はそうした話をして二十年数前の行動を許してもらおうと思ったのかもしれない。しかし美和はそう簡単には認めることができなかった。だから母の言葉を遮ると、ぴしゃりと言った。

「やめてよ、そんな話。もう聞きたくない。要するに、親であることを捨てて女としての幸せを選んだということね」

母は頬を強張《こわば》らせ目を赤くして美和の目を見つめた。そして一瞬物言いたげに唇を尖らせたが、すぐに思い直したか、コートとバッグを手に取ると、ため息交じりに言った。

「そうね。あなたの言うとおりかもしれない」

今度こそは来ないだろうと思っていたのに、母はその後も訪ねてきた。三、四週間に一度の頻度で土日か祭日に、寿司や弁当を手にやって来たのである。魚や旬の野菜を下げてくることもあった。そして美和の顔色を窺いながらぽつりぽつりと尋ねた。仕事について。趣味について。正育のその後について。

美和は初めのうち、寿司にも弁当にも手を付けなかった。尋ねられることにもできるだけ答えないようにしていたが、そのうち母がかわいそうになった。自分が薄情な人間にも思えてきた。そこで少しずつ相手をしていくと、母は興味深い話をした。

美和は、足が細かったからか、よく転んだものだった。自転車に乗っていて一メートルほど下の田んぼに落ちたこともあったわね。そのたびに自転車の後ろに乗せて医者へ走って。肘を脱臼したりしてたから。それが今ではこんなにしっかりした体になって……。正育は活発で体の柔らかい子だった。乳母車に乗せてベルトで縛っておくんだけど、いつの間にか抜け出して、デパートの、洋服がぶら下がってる、あの下に隠れるの。それで美和と二人でよく捜したものだけど、覚えてる？

母は美和と弟を忘れていたわけでもなさそうであった。

母を奥の部屋に泊まらせたのは、たしか、さきおととしの暮れだ。母が帰り支度をしていると雷が鳴り、間もなく雪が降り始めた。そこで、そんな中を帰すのもどうかと思い、

「泊まっていけば？」

と言ってみると、

「そう？　じゃ、そうさせてもらおうかな」

母はうれしそうに言って泊まり、それ以後パジャマ持参で来るようになった。

そんなある夜のことだ。灯を落とし、並べて敷いた布団に横になっていると、母が言った。

「美和、あなた、そろそろ結婚することを考えないと。そりゃ、結婚って、いいことばかりじゃないよ。だから踏み切るときも迷うんだけど。私も岩田の家に入るときはあれこれ不安だった。

二人の息子とうまくやっていけるかどうか、前の奥さんの気配が残っていたらどうしようなんて考えて。だけど幸い、息子たちはすぐになついてくれて、岩田も新しい調度品に買い換えてくれた。だから、案ずるより生むが易《やす》しということもあるし……」

美和はそっと起き上がり、母のほうへ目を凝らした。母は向こう向きで話していた。美和は、母がいなくなったあとの生活を思った。

父が亡くなり母が再婚したために鈴木の家では働き手がなくなった。だけど農業をやめては食べていけなかったから、祖母は美和や弟に農作業の手伝いをさせた。学校では「親なし子」と言って苛《いじ》められ、家に帰ると田植えや稲刈りの後片付けをさせられていたのに、この人はそんなことさえ想像できないのだろうか……。

苛立つ心を抑えきれなくなって美和は声を震わせて言った。

「黙って聞いていれば、何を言っているか分かってるの。あなたが出ていったあと私たちがどんな思いで生きたか、それを考えようともせず、よくもそんな話を……」

母は飛び起きると、上目遣いに美和を見た。

そしてやがて「おやすみ」と呟くように言うと、奥の部屋へ布団を引きずっていった。

おととしの十月十日。母がベトナムで誂《あつら》えたという小豆色のアオザイを着てやってきた。そのころになると美和も母を許す気になっていた。過去のことを責めてみたところで今さら何になろう。

ワインとケーキを台所のテーブルの上に置くと、母は美和に甘えるように言った。

「今日は私の誕生日。本当は年なんて考えたくないんだけど、でも、やっぱりだれかに祝ってもらいたくて」

そこで寿司を取り、二人で乾杯すると、母は酔って気が弛んだか、しゃべり始めた。

「向こうの家でも以前は必ずこんなふうにケーキで誕生会をしてたのよ。だけど岩田が亡くなり妙子が嫁に来たら、全然やらなくなって。妙子が言ったからよ。小さい子でもいるのならともかく、みんないい年になってるのに、なんでそんなものをやるのかって。家族が一つになるいい機会なのに……」

「最近、俊一も陽二も、私を母さんと呼ばずに寛子《ひろこ》さんと言うの。多分、妙子に合わせているんだろうけど、何か他人扱いされてるようで寂しくって。岩田寛子になって二十三年、本当の親子と思って尽くしてきたのに……」

やっぱり想像していたとおりだった。それで一旦は捨てたこの家へこのように通ってくるのだ。だけどそうなることは初めから分かっていたことじゃないの。それなのによく考えもせず突っ走ってしまったから。いい気味。

美和が口の中で呟いていると、母が美和の目を見て媚《こ》びるように言った。

「美和。あなた、私の老後看《み》てくれるよね。だって、親子だから。子供が親を看るのは当然でしょう」

一体この人の頭の中はどうなっているのだろう。美和は呆《あき》れて、また母を眺めた。

亡くなる三日前、母がイタリア旅行の土産を持って訪ねてきた夜のことだ。

風呂から上がり髪を乾かしていると、母が言った。

「美和。ここに座って。お化粧してあげる」

「ええっ。今から？　……いい。もう寝るだけだから」

美和は突っぱねた。が、母はしつこかった。

「そんなこと言わずに。さあ、座って。どんなにきれいになれるか、教えてあげたいのよ」

仕方なく台所のテーブルの前に座ると、母はさっそくと持参した化粧ケースの蓋を開けた。ためらう様子もなくスポンジやブラシやチップを使う母の真剣な目と白く細い指の動きを目で追いながら、美和は、化粧も一つの才能かもしれないと思った。扱いにくかった父譲りの癖毛もヘアスタイリングでソバージュに仕上げ、マニキュアを塗ると、母は美和のパジャマを自分の黒のワンピースに着替えさせた。最後にイタリア土産だと言って渡してくれたカメオのブローチを着けて、母は言った。

「ほら、こんなにきれいになったじゃない。鏡で見てきたら？」

姿見の前に立つと、いまだかつて見たことのない華やかな自分が立っていた。鋏《はさみ》で整えたあとライナーで描き、ブラシでぼかした、匂うような眉。上瞼全体に白のアイシャドーを塗ったあと、目頭に紫を、目尻にピンクを置いて、アイラインとマスカラで強調した華やかな目元。ライナーで上唇の角を少し広げるように描いたあと、中に何色かのカラーを塗り重ねて仕上げた、蠱惑的《こわくてき》な唇。美和は、ほれぼれと鏡の中の女を見た。後ろに母が入ってきた。

「どう？　見違えたでしょう。これならきっと男の人も振り向いてくれる」

「別にそんな、振り向いてもらわなくても……」

「そう？　ということは、既《すで》に彼がいるということ？」

「そんなこと、特に言う必要ないでしょう」

「ないことはないよ。これでも親なんだから」

「へえ、そうなんだ。そう思ってるんだ。二十数年間何もしてくれなかったのに、それでも親だと」

また言ってしまった。美和はすぐに後悔した。母を責めることはもうよそう、と心に決めていたのに。どうしてまたひどいことを言ったんだろう。まだ癒《い》えぬ心の傷に触れられたからだろうか。

美和は、二年付き合った人と別れたばかりだった。弟の就職先がいまだに決まっていないことや、営農組合に託して米を作ってもらっている田んぼを将来どうするか決めかねていて、結婚を申し込まれても踏み切れなかった。

母は後ずさりして美和を見た。そしてその目をみるみる涙で潤《うる》ませたが、すぐに気を取り直したか、鏡の中から言った。

「それを言われると母さん、何も言えない。だけど、あなたを見てると、そうも言っておれない。美和、もう少し自分に正直に生きたら？　正育のことなら大丈夫よ。もう十分に大人じゃないの。それでも経済的に心配なのだということなら母さんの貯金を使えばいい。生命保険の受取人も相続人にしてあるし。俊一、陽二とは養子縁組をしてないから、相続人ということは美和と正育ということになるの。とにかく悔いのない人生を生きること」

けれども、美和はそのほとんどを上の空で聞いていた。胸の奥から込み上げた様々の思いに心が混乱し、それを抑えつけるのに大変だったからだ。

母は、眉根を寄せて美和を見つめ、顔を伏せると隣の部屋へ行ってしまった。


雪が降っている。葬儀の翌日から降り始めたもので、これで三日、断続的に降り続いている。納骨の日には晴れればいいんだけど。そう思いながら心にのしかかるように降る雪を眺めていると、電話が鳴った。受話器を取ると俊一で、何の挨拶もなくいきなり言った。

「寛子さんの遺品を整理し、遺骨を持っていってもらえませんか」

美和は耳を疑った。いずれ母の遺品の整理のことは言われるだろうと思っていた。しかし、遺骨を持っていけという俊一の言葉を予想したことはない。

母は生前、美和に話していた。

「私、岩田に言ったのよ。岩田家の菩提寺《ぼだいじ》の墓には前の奥さんが入ってるって。それに、ここからは遠いから、中間地点に夫婦墓《めおとばか》を建ててほしいって。そうしたら岩田はしばらく渋っていたんだけれど、市営墓地に二人だけの墓を建ててくれた。岩田は今そこに眠ってるの。だから私もいずれそこに行くの」と。

「遺骨は、お父様が入っていらっしゃるお墓に納めるんじゃないですか？」

「いや、それは……」

「それはって、それが忠則様と寛子様の遺志だったんでしょう」

美和は語気を強めたが、

「まあ、それはそうかもしれませんが、遺《のこ》った者の意思もありますし……」

俊一は、そう簡単に考えを変えそうにない。

「遺った者の意思……とおっしゃると？」

「僕たちにとって母というのは、あくまでも僕たちを産んでくれた人なんですよ」

「そんな。それじゃ、こちらの母は何になるんですか。母は十五年間お父様と夫婦だったんですよ。それに、母の話では、お父様と再婚したころ、あなた方はまだ学校に上がる前で、お弁当を作ったり運動着を洗ったり、母なりに一生懸命お世話をしたと……」

「それはしかし、あの人が自己満足でしていたことで……」

「ひどい。あなた方、そんなふうに母を見てたんですか。それじゃ、母の遺骨はどこに納めろとおっしゃるんですか」

「それはそちらのほうでお考えになればよいことで」

「そんな。……分かりました。遺品の整理にはできるだけ早く参ります。ですけど遺骨については、ご要望にお応えできません。故人の意思を尊重してくださるようお願いします」

喉が渇き、声が掠《かす》れたが、ここは母のためにと美和は頑張った。受話器を下ろすと、涙が噴き上げた。そして、もしそこに母がいたら思いっきり抱きしめてやりたいと、意外にもそんなことを思った。

翌々日、岩田家に行くと、妙子は母の部屋へ案内しながら、愛想笑いを浮かべて言った。

「とにかくたくさんありましてね。これはやはり、お子さんである美和さんが整理なさったほうがよろしいのではないかと……」

そして、エアコンをつけ、お茶を持ってくると、あらかじめ美和が頼んでおいた引っ越し業者が荷物を取りに来たことを告げに来るまで姿を見せなかった。

母の部屋は一階の、鉤《かぎ》型に曲がる廊下の突き当たりにあった。忠則と二人で使っていたスペースを一人になってからも使っていたようで、庭に面したリビングルームの奥はベッドルームになっていた。天然木に繊細な彫りを施したアンティーク調の家具やベッドルームの白いドレッサーなど、母が愛したであろう数多くの物の中に身を置いて、クローゼットに下がる、うんざ

りするくらい多くの衣類やアクセサリー、バッグなどを段ボール箱に詰めていると、おととい
の俊一との電話のやり取りが思い出された。
「整理するときにはもちろん妙子さんも……」
「いや、妙子は関係ありませんので」
「ですけど、形見分けというか、そういうこともありますし……」
「いや、そういうことはこちらは何も考えていませんから。それに、派手で妙子の趣味じゃな
いそうです」
「それでも、指輪とかは……」
「指輪も要らないと言っています。ですから、みんな持っていってください。そのほうが早く
片づいていいでしょう。何も考えずに段ボール箱に詰めればいいんですから」
ごみでも捨てるように言われて美和は言葉も継げなかったが、母は忠則が亡くなったあと、
あるいは妙子が来てから寂しくて、こんなに物を買い、旅をして、落ち込みそうになる気分を
引き立てていたのかもしれない。

母の遺品は引っ越し業者に渡したが、遺骨はそのままにして帰ってきた。
ところが翌日届いた荷物を見て驚いた。美和が作った荷物のほかに依頼主岩田俊一として、
埋葬許可証を添えた母の遺骨も届けられたのである。

なんとひどいことを。美和は、すぐに電話の前に行った。しかし受話器の上に手を置いて、さて何と言って抗議しようかと考えるうちに、俊一の家のダイヤルを回す気がなくなった。こんなことをする人間を相手にして物を言うのもばからしい。

代わりに弟と電話をし、四十九日に鈴木の家の菩提寺《ぼたいじ》の墓に母の遺骨を納めることにした。母は父と祖母の信頼を裏切り、よその戸籍に入った人であった。が、骨になれば横に並べても父も祖母も怒らないだろうと思った。

美和は奥の部屋で母の遺品を整理していた。

衣類はひとまず空いていた祖母の箪笥や衣装ケースに納めた。けれども小物類がなかなか片づかなかった。

疲れたので小休止しようと横の段ボール箱からアルバムの一冊を出して捲《めく》ると、母が中国を旅したときの写真があった。一緒に写っているのが忠則と思われたが、背が高く痩《や》せぎすの男である。色が白く、そのせいか少しひ弱に見えて、母がダンプカーと呼んだ父とはかなり違っていた。このようなタイプなら、夫婦墓も母に押し切られて造ったのかもしれない。カメラ屋の袋に入ったままの写真もあるので、出してみると、イタリアを旅したときのものであった。中に、母が揉み上げの長い男性とダンスをしているものがあった。母が話していた、カンツォーネを聞きながら食事をしたときのもののようで、前後の写真からすると、男性は演奏家の一人であった。母は黒のレースのブラウスに赤のロングスカートを着けて、男の腕の中で身を反《そ》らし、カメラのほうを向いて婉然《えんぜん》と笑っていた。

「本当に好き放題をして生きたんだから」

美和は、壁際に仮に置いた母のドレッサーの鏡に向かって苦笑いしながら言った。そして何気なく隣の段ボール箱に目を移した。

すると、はちきれそうになっている紫色のポシェットが目に留まった。開けると、未開封の封書十数通が入っており、そのすべてが母から祖母にあてて出されたものであった。上には受取拒否の紙が貼られている。

一通だけ封の切られた大型の封筒があった。

祖母から母に出したもので、中には母から祖母にあてた封書が入っていた。開封されているので中身を出すと、癖のある小さい字で次のように書かれていた。

《ご無沙汰しております。お元気にお過ごしでしょうか。その折はわがままをしまして申し訳ございません。その後、子供たちはどうしておりますでしょうか。気がかりで、手紙を書いてみました。いまさら何をとお思いかもしれませんが、なにとぞお渡しくださいますようお願い致します。

鈴木トキ様　　　　寛子
追伸　同封のお金は、岩田が子供たちのためにと渡してくれたものでございます。セーター

の一枚でも買ってやっていただけないでしょうか。どうぞよろしくお願い致します。》

そして二枚目には次のように書かれていた。

《美和。正育。げんきにしていますか。さむくなりましたが、かぜなどひいていませんか。学校はどうですか。おともだちはできましたか。おかあさんはじじょうがあって、おねえちゃんのべんきょうのじゃまをしないで、なかよくしていてね。正育。おかあさんはじじょうがあって、ちょっととおいところにすむことになりましたが、いつも、どうしているか、げんきだろうかとおもっています。おばあちゃんのいうことをよくきいて、おばあちゃんをだいじにしてあげてください。

おかあさんより》

美和は涙が止まらなかった。母は自分たちのことを忘れていたわけではない。むしろ常に心にかけ、このような手紙を送っていた。しかし、祖母が受け取りを拒《こば》み、自分たちには届かなかった。

目を上げると、母のドレッサーの鏡にいつかしら雪が降っていた。降るそばから消えそうな春の雪である。

「母さん」

美和は鏡に向かって言った。そして、母が亡くなる三日前、鏡の前で化粧をしてもらったあと、胸の奥から込み上げたもろもろの思いの芯《しん》にあったのは、母にそう呼びかけることであったと振り返った。

赤い眼

JR石和《いさわ》温泉の駅舎を出ると、熱気が瑞枝《みずえ》を包んだ。

「盆地だからね、暑さはそっちよりきついと思うよ」

博子からはあらかじめ電話で、そう聞かされていた。しかし、ただ暑いのではなく、むしむしする。

駅前は、店の数が少なく人の姿もまばらで、宿の数が百軒を超える温泉郷の玄関口だとは思えない、うら寂しさであった。

それでも、家並《やな》みの間を縫うようにして葡萄棚の緑が広がる風景は、五時間前に富山から出てきた瑞枝の目には新鮮で、これも俳句の材料になりそうだ、と思いながら眺めていると、間もなく軽のワゴン車が目の前に停まり、窓から博子が顔を出した。

「暑いのに待たせちゃったわね。ごめん」

そのあと車から降りてきたのを見ると、ベージュ色のノースリーブのTシャツにカーキ色の膝上丈の綿パンという姿であった。剝《む》き出しになった肩や足はいい色に焼けている。

「引っ越しで忙しい最中だったんじゃないの？」

受け取ったボストンバッグを車の後ろ座席に入れている博子の背に向かって瑞枝は聞いた。

「ううん。一応、生活できる程度には片付いたから。それに、この暑さでしょう。そんなことばかりしてたら疲れちゃうよ。一息入れるのにちょうどいいの。ごたごたしてるけど、気にしないでね」

博子は、柔らかいがどことなく意志の強さを感じさせる声で言い、

「今日はどうするの？」

縁なし眼鏡をかけた化粧気のない顔をこちらへ向けた。

「特に何の予定もないけど。駅に着いてすぐに義弟に電話をしたら、本人は元気で、手術は予定どおり明日の午後一時半からだから、義姉さんは朝病院に来てください、って言ってたし」

「じゃ、このまま夕食に行こう。マンションはここから車で四、五分だけど、行ってるとそれだけ時間が取られるから」

博子は車を発進させ、駅前のロータリーを出るとすぐに広い道を走った。

瑞枝が博子のマンションに泊めてもらう話になったのは、七月初旬のことである。

「妹が子宮筋腫で八月の初めに手術を受けることになったの。それで、義弟一人じゃ大変だろうと思い、付き添いに行くことにしたんだけど、夜にでも会えない？」

と瑞枝が電話をすると、

「どこの病院？」

「山梨県立中央病院」

「そう。じゃ、ちょっと離れてるけど、わたしのマンションに泊まったら？」

と博子が言い、

「ううん。そんな迷惑かけられないよ。泊まるのは、ビジネスホテルか共済施設にするから」

と瑞枝が断ろうとしても、

「迷惑？　そんな水臭いこと、言わないでよ。ここは温泉よ。ねえ、そうしたら？　ただし、そのころはまだ引っ越しの荷物が片付いてないかもしれないけど」

博子は強引とも言える言い方でさらに誘い、瑞枝もそれ以上拒むのは悪い気もしたから、

「じゃあ、お言葉に甘えて」

と、泊めてもらうことにしたのである。

が、電話を切ったあと、心配になった。

博子が温泉付きのマンションを購入し他人に貸しているということは、三年ぐらい前に聞いていた。そこに引っ越したということは、いよいよ自分で使うことにしたのだろう。なんにしても、一戸建ての家とマンションと、二軒家を持ってるなんて羨ましい。当初はただ単純にそう思っていた。けれども、そのうち、気になってきた。セカンドハウスにしているのだろうか。それとも博子一人で住んでいるのだろうか。

電話の口ぶりからは博子一人のように思え、他人事ながら心配になるのだった。

博子とは東京の大学の同じ学部で学んだ。共にワンダーフォーゲル部員だったから、関東周辺の山や沢も一緒に歩いた。が、大学を卒業すると、博子は東京から二時間のこの地で中学校の社会科の教師になり、瑞枝は郷里の富山で中学校の国語の教師になった。いつの間にか音信も途絶えていたのだが、十数年前、東京で催された同窓会で再会してから再び手紙や電話のやり取りをするようになった。二人とも散文を書いたり俳句の趣味があることから、作品を交換したり、その感想を述べ合ったりしていたのである。

博子の結婚相手が窯元の三代目で、大学の非常勤の講師だと知ったのは、その同窓会のときである。さすが博子が選ぶパートナーは違う、きっと充実した生活なのだろうと勝手に想像していたのだが、それがそうでもなさそうに思えたのは、マンションを買ったと聞いた一、二年前かもしれない。電話をしても博子が家にいないことが多く、あるとき電話口に出た夫と思われる男性が不機嫌そうな声で言ったからだ。

「いつ帰るかと聞かれても、ちょっと見当がつきませんな。なにしろ、どこへ行くとも、いつ帰るとも言わずに出掛けていくんですから。ああ、何かリュックを持っていたようだから、山へでも行ったんですかね。とにかく何が何だか、さっぱりわからん女でして」

車は坂道を上ってゆく。右手には鬱蒼《うっそう》と樹木が繁り、左手眼下には夕焼けの紅を映した、かなり水量のある川が流れている。

「この川に沿って温泉宿が点在しているの」

「もう少し奥へ行くと見応《みごた》えのある渓谷があるよ」

助手席にいる瑞枝を退屈させまいとしてだろうか、ハンドルを握りながらも、その周辺についていろいろと説明する博子の心遣いを有り難く思いながら、瑞枝は一方で、白衣に菅笠《すげがさ》という博子の遍路《へんろ》姿を思い描いていた。

四月の初め、博子から葉書がきた。

〈共に定年退職、お互いに乾杯を！　さて、十年くらい前から考えていた四国八十八ヵ所巡りに出発します。俳句のことも考えながら楽しんできます。あなたは？〉

という文面で、消印からすると、遍路の旅に出る直前に投函したようであった。

ああ、やっぱり実行したんだ。というのが、それを読んだときの感懐だった。定年退職したら遍路に出るということは、去年の同窓会ですでに聞かされていたからだ。

が、そのあとすぐに考えた。一体どうした気持ちからそのようなことをしようと思い立ったのだろう。

四国八十八カ所には、遍路ころがしと言われる厳しい坂道や人家の少ない辺地があるという。徒歩で巡るとなると四、五十日を要するとも聞く。それを女一人でやるというのは並大抵のことではないと思えたからだ。

歩きながら考えたいことでもあったのだろうか。

そして、その疑問はいまだに解けていない。

山梨に帰って間もなくマンションに引っ越したことを考えると、どうもそのことと関連があるように思えるのだが……。

博子の説明が途切れたとき、瑞枝は周辺から聞いてみた。

「八十八カ所巡り、全部歩いたの？」

「そう」

「どうだった？」

「おもしろかった」

おもしろいとは、予想もしなかった言葉である。

「様々な人の様々な暮らしに出会えたから。それに、化石を拾ったり、泥棒に荷物を盗られたり、いろんな出来事もあったし」

「そう。……じゃ、俳句は？　いい句ができた？」

「ううん。全然だめ」

これもまた、意外な答えだった。

「吟行に行くと百句ぐらいはすぐにできる。ただし、使いものになるのは十句あるかなしだけど」

常日ごろ、博子はそう言っていたからだ。実際、一緒に歩いていてもなかなか句が作れない瑞枝の横で、博子は、こんこんと湧く泉のように、次々と完成度の高い句を作ったものだ。その彼女が「全然だめ」とはどういうことだろう。

「まあ、投句の締め切りが迫ってるから、少しずつ思い出しながら作ってはいるけど」

「へえ。あなたにしては珍しいことね」

そのときには作れなくても数年後に作ることもある瑞枝とは違い、博子は「その時その場所でないと作れない。あとは作れない」というタイプである。

「結局、何日間、旅に出ていたの？」

「出発したのが四月三日で、結願《けちがん》の寺、大窪寺《おおくぼじ》に着いたのが五月二十九日。予定よりずっと日数がかかってしまったのは、雨の日が多くて途中、風邪を引いて三、四日休んだのと、松山で子規や山頭火《さんとうか》の遺跡を回ったりしたから」

「どおりで。わたし、五月の中旬にもお宅に電話をしたのよ。そうしたら、ご主人かしら、男の人が電話口に出られて、実は長い旅に出ましてねえって。で、いつごろお帰りになりますかって聞いたら、さあ、わかりません、だいたい、生きているのか死んでいるのか、それさえ知らせてこないんですから、って」

気分を害するかもしれないと思い、ためらいながら言ってみたのだが、

「ああ、そうそう。彼、みんなにそう言ってたらしいよ」

博子は前を見たまま淡々と言った。

車はいつか林道を走り、退避所のようなところで停まった。すでに車が二台駐車している。

「食事の前に滝を見ていこうよ。簡単に行けるわりに、いい滝があるから」

博子に促されて車から降り、踏み固められた道を谷へと下りていくと、三十歳前後の男と子供二人が話しながら上がってきた。多分、博子の言う滝を見て来たのだろう。さらに下りていくと、岩魚《いわな》釣りに来ていたのだろうか、釣り竿を持った男二人がやってきた。それっきり人には会わなかった。瀬音が高くなり、蜩《ひぐらし》の声が、湖畔に打ち寄せるさざなみのように断続的に聞こえてくる。見下ろすと、日がささない谷底はすでに紫紺色《しこんいろ》に沈んでいた。瑞枝は心細くなった。若いころはどこへでも一人で出掛けていたものだが、最近では、恐ろしい事件を見聞きすることが多いせいか、悪いことばかり想像し、怖《お》じ気《け》づいてしまう。

ひと一人が通れるだけの吊り橋をそろそろと渡り、川原へ下りる道を行くと、ようやく滝が見えてきた。高さ二十数メートルを一気に落ちる滝で、青緑色の滝壺は白く波立っている。

「最近全然雨が降ってないの。雨のあとだと、あの肩の辺りなんか高く盛り上がって、けっこう迫力があるんだけど」

博子が反り返《かえ》るようにして滝を見た。

「滝を詠《よ》むのは難しいと言うわね。すでに名句が作られているから」

「例えば、後藤夜半《やはん》の『滝の上に水現れて落ちにけり』なんか？」

「そう」

「あれ、すごい写生句だよね」

「ほんと。それから、水原秋桜子《しゅうおうし》の『滝落ちて群青《ぐんじょう》世界とどろけり』だとか」

「ああ、その句碑、那智《なち》の滝で見てきたよ」

瑞枝は岩に腰を下ろした。滝のしぶきで飛散する太陽の光に目がくらんだのか、立っていると体が揺れる気がした。座ると、霧でも出てきたのか、川面は藍鼠色《あいねずいろ》にぼやけていた。

「こういう空のこと、帯の幅の空と言うんだって」

博子が横に座り、滝から空へ目を移した。

瑞枝もつられて、空を仰いだ。

両岸に切り取られて細長い空の、かすかに残る紅を見上げていると、ＪＲを乗り継いでやってきたばかりの自分を博子はどうしてこんな寂しいところへ連れてきたのだろう、という疑問が浮かんできた。

少しでも俳句を作らせようとしてだろうか……。

「食べ物の好き嫌いはある？」

博子が聞いた。

「ううん。別に」

いきなり何の話だろうと思いながら瑞枝が博子のほうを見ると、

「そう。みんな、なんと、いい人ばかりだろう」

博子はすっと目を逸らし、

「向こうは好き嫌いが激しくてね」

と言って、青黒く翳《かげ》り始めた川岸を見つめた。

みんなとは、俳句の仲間か、四国八十八カ所で出会った人たちかもしれない。向こうとは多分、夫のことだ、と瑞枝は思った。

しかし、夫のことをそんなふうにいきなり持ち出すとは、いったいどういうことだろう。別居しているとはいえ、今もなお、夫とのことは、彼女の頭の中で未整理なまま渦巻いている、ということか。

「ということは、肉を一切食べないとか？」

「ううん。豚肉は食べるよ。だけど、魚がね、食べるとしてもシャケだけで、それも口が曲がりそうな塩辛いものでないとだめ。それから、野菜にはあまり包丁を入れるな、だとか」

「ああ、要するに、食事のことではうるさいわけ？」

「そう。そのくせ、わたしが仕事で遅くなっても、自分で作って食べていたことは一度もない」

博子には似合わない愚痴であった。しかも口調はかなりきつい。

「食べ物に好き嫌いがある人は、人の好き嫌いも激しいと言うわね」

「そう。だから、友達はほとんどいない。なにしろ兄弟とも喧嘩をしてる人だから」

「じゃ、お子さんたちとは？」

「ほとんど話さない」

ぶっきらぼうに言って振り向いた目は焦点が定まっていない感じで、口角はへの字に下がっていた。

「だけど、夫婦仲が悪いのは子供にはよくないね」

靴の先で岩を蹴りながら博子が言った。

「そんな人だということ、結婚する前にわからなかった？」

「わからないよ。付き合ったのは、ただの二ヵ月だから」

言い捨てるように言って立ち上がった博子は、川原に転がる大きめの石の上に上り、そこから滝に向かって歩き始めた。石の上から石の上へ、まるで綱渡りでもするかのように、右に左に体を揺らしながら。

その後ろ姿を眺めて、瑞枝は思った。

博子は今のようなことを言いたくてこの滝の前に自分を連れてきたのだろうか。

「大学を卒業して二年ばかりしてだったか、ワンゲル部のＯＢで薬師岳に登ったこと、覚えてる？」

車を停めた場所へ戻ることになり、林道への道を上っているとき、瑞枝は後ろから来る博子に聞いた。川原で岩に腰を下ろし、瀬音を聞いていると、そのときのことが思い出されたのだ。

「覚えてるよ」

「関東からは博子と常田先輩と彼の友達の……」

「榎本《えのもと》君？」

「そう、榎本君。関西からは川瀬君とか五、六人が参加して、たしか、新穂高温泉から薬師岳に登り、信濃大町に下りたんだったよね」

何気なく話しながら瑞枝は一方で、当時抱いた淡い恋心を思い出していた。山にいる間に榎本に対する思いが募り、山から下りたあとも二、三年思い続けたことを。

「あのとき、途中の沢でテントを張って、キャンプファイアの周りで恋愛や結婚や政治や経済の話をしたこと覚えてる？」

「覚えてるよ」

「あのころ、博子、まだ、川瀬君と付き合ってたんじゃないの？」

「……だったと思う」

「だから、わたし、二人の間はどうなってるんだろうとやきもきしてたんだけど」

博子と川瀬の仲は仲間たちにも公然のものだった。

「うーん。だけど、もう、あのころは……」

博子の声が急に遠くなった。後ろを見ると、五メートルばかり向こうで、崖に生える草を引き寄せて何やら観察している。最近、植物同好会のようなものに加入し歯朶《しだ》植物か何かを調べている、ということも言っていたから、そうしたものでも目に入ったのかもしれない。

やがて、手から草を放し、道を上がってきて言った。

「あのころはもう、そろそろ終わりだと思ってたような気がする。わたしって、どうも好きな人とは結婚できない運命みたい」

「じゃ、御主人とは、お見合いということ？」

「うん。というか、祖母の紹介でね。わたしを我が子のように育ててくれた」

なるほど、そういうことだったのか、と瑞枝は思った。

大学時代、瑞枝は博子から、度々、彼女の祖母のことを聞いた。それによると、その人は大変な芝居好きで、歌舞伎や文楽《ぶんらく》などによく博子を連れていったという。我が子のように育ててくれたとはどういうことか、そのへんの事情はわからないが、その祖母に勧められて断れなかったということなのだろうか……。

「何年生まれ？」

「ああ、向こう？」

「うん」

「昭和七年」

「……ということは、十歳近く離れてるということね」

そんなにも年の離れた夫婦というものが一体どういうものなのか、夫と同級生だった瑞枝には見当がつかない。一緒に暮らしているうちに、そうした開きなど全く覚えなくなるものなのか。それとも、時々、否応なくその開きを覚えさせられるものなのか。

それに、三十五歳で夫に亡くなられた瑞枝には、六十、七十になった夫との生活は想像ができない。

それでも、瑞枝はたまに思ったりする。生きていたらあの人は、その後どう変わっただろうか。年を取るにつれて気難しくなっていたかもしれない。そして、わたしはあの人に次第に幻滅し、別居や離婚を考えていたかもしれない……。

「そのくらいも離れていれば大事にしてくれるって周りは口を揃えて言ったけど、現実は全然違ってた。人生やってみなきゃ、なんにもわかんない」

「………」

「県展って、文化祭みたいなの、毎年あるでしょう。ここの審査員は中央から名士みたいなのが来るんだけど。結婚してすぐのことよ、手びねりのね、ちょっとしたものを出してみたら、入賞しちゃったのよ。それを、夫がね、喜ぶどころか、嫉妬というのかなあ、もう、それからは土を触ることさえ許さないの。そのくせ、お客さんが来ると、『こいつは何々先生に気に入られた器を作ったんです』って話してるの。瑞枝。夫婦って一体何なの？　スタートが恋愛でも見合いでも、結局は運命共同体じゃないの？」

「……」

「全くのところ、夫はバトラーでもアシュレでもなかった」

夕食にはイノブタの溶岩プレート焼きを馳走になり、そのあと十階建てマンションの八階にある博子の家へ案内された。

玄関に入ると、右手に備えつけの下駄箱があって、その上に陶器が数個飾られていた。素朴さと温かさを感じさせる手びねりの大皿やコーヒーカップで、渋い色の釉薬《ゆうやく》の上から大胆な筆使いで秋草のようなものが描かれている。

「これ、あなたの作品？」

「そうよ」

「ということは……」

言いかけて瑞枝は、口をつぐんだ。そのあと土を触ることさえ許されていないということは、これが県展に出品して入賞した作品ということだろう。しかし、夫との不和の原因となったものをどういう気持ちで並べているのか……。

「どうぞ。入ってきて」

博子の声に促されて廊下を行くと、右側にトイレとバスルームがあり、その向こうがリビングとダイニングキッチンで、さらにその奥に洋室と和室があるという造りだった。洋室にはシングルのベッドが一つ置かれている。

「あなたの部屋はそっちの和室。どうせ遅くなると思って布団も敷いておいたんだけど、寒かったらそこにあるもの自由に使って」

あてがわれた部屋にスーツケースを置いて、網戸越しに街の灯を眺めていると、

「ちょっとこっちへ来てみない？　多分、あなただったら興味があると思う」

博子がバスルームの前に行き、手招くようにして言った。行ってみると、その前にも部屋があって、壁面は天井から床まで、がっしりとした本棚になっている。

「すごい本棚ね」

「特別注文して造らせたのよ」

「それに、この蔵書、大変なものじゃないの」

歌舞伎や俳句、動植物の図鑑など、それもほとんどハードカバーのもので埋まっている棚を興味深く眺めていると、

「陶芸関係の本は向こうに残してきたの、夫は私の買ったものなんか読みもしないだろうけど。それでも、お客様の手前、全集なんか、多分、箔《はく》のつもりで応接間に飾ってるんじゃないかな。夫にとってはわたし自身もそんな飾りものの一つにすぎないんだろう、そう思ったこともあったわ」

博子は、押しやった過去のもろもろを引き戻し、また押しやるかのように言った。

翌朝、バルコニーに出ると、左手には薄藍色に霞む山が聳《そび》えていた。その下には一面、葡萄棚と桃の畑の丘が裾を広げ、眼下には鴨の遊ぶ澄んだ川が流れている。

「ここは複合扇状地といって、理科では有名な土地なんだって」

バルコニーに置いたテーブルの上にテーブルカバーを掛けながら博子が言った。「こうして高いところから見ると、川が山を削り扇状地を造っていくことがよくわかるでしょう」

朝食はパンとサラダと五目卵焼きというメニューで、「飲み物は、ヨーグルトと牛乳を好みで混ぜて召し上がれ」ということであった。

食べ終わったころ、博子がＡ４の用紙を持ってきた。三十句ばかりの俳句がワープロで印刷されたもので、題名は「花遍路」となっている。

「あら、作ってるじゃないの」

「だから、最近になって少しずつできてきてる、と言ったじゃない」

「一句目がいいわね。それから、この『青き踏む木花開耶姫《このはなさくやひめ》の沓《くつ》』というのも」

「ああ、それ、ＪＲ中央本線で甲府を離れて間もなく作った句なんだけど」

「そう。おもしろい」

読み進みながら、瑞枝は一方で思っていた。

博子はこうした生活をずうっと前から夢見ていたのではなかろうか。心ゆくまで空や山や川を眺め、自分のために、あるいは仲のよい友人を招いて、心を込めた食事をつくる。行きたいところがあれば気兼ねなしに出掛け、ある日は閉じこもって読書や俳句作りに専念する。そうした生活をマンションを買ったときから、いや、もしかしたら、それより前の、遍路に出ようと思い始めた十年くらい前から望み、定年になったらそれを実現しようと着々と準備を進めていたのではなかろうか。博子の子どもたちはそれぞれ独立しているという。ならば、この先どのように人生設計するか、それは博子の勝手、他人がどうのこうの言うことではない。

妹の手術は予定どおり始められた。

ストレッチャーに乗せられて手術室に入る妹を見送った瑞枝は、病室に戻って手術の終わるのを待った。

手術の成功を念じているのか、目を閉じている義弟のそばで同じように目をつむっていると、昨日滝の前で聞かされた博子の半生を語る言葉の切れぎれが蘇った。雨に濡れながら山道を一歩一歩踏みしめるように歩く博子の遍路姿が瞼に浮かぶ。

博子の夫が受話器の向こうで不機嫌そうに言った言葉を思い出してみた。

——さあ、何が何だかさっぱりわからん女でして……。

確かに博子には摑めないところがある、と瑞枝も思う。しかし、それを他人に言って平然としている夫は、伴侶として申し分なしと言えるのだろうか。

博子が離婚をしたいのならそうすればよい、と瑞枝は思った。

瑞枝は、夫が亡くなったあとも舅姑《きゅうこ》と一緒に暮らしていた。自由になりたいと思いながら、言い出せずに十五年間も過ごした。が、五十歳になったとき、思い切って家を出た。不本意な人生を送っては、悔いを残すと思ったからだ。それに、瑞枝の本心をいつの間にか感じ取り、気を遣っている子供たちのためにも我慢はよくないと思った。ところが、今はまた舅姑と同居している。十年、気兼ねなく生き、人知れず恋もし、簡単に言えば、気が済んだ感じなのだ。六十歳という年齢は女にとって最後のスタートラインかもしれない、と瑞枝は思う。体力の衰えを感じ始めてはいても、今ならまだやれると思うことができる最後の踏切板ではなかろうか。

妹の手術は、ほぼ予定されていた時間で終わった。

主治医から手術が成功したことを聞いた義弟は、目にうっすらと涙を浮かべていた。両親が早くに亡くなり、きょうだいもいない義弟にとって、妻はただ一人の家族なのだ。消灯時間まで付き添うという義弟に後を託《たく》して病室を出ると、博子が病院の玄関前に迎えに来ていた。

手術が無事終わったことを告げると、

「そう、それはよかったね」

と、博子は身内のことのように安堵の色を見せ、車をマンションの方向とは別の方向に走らせた。

「大切な時間をわたしのために使わせて悪いわね」

と瑞枝が言うと、

「そんなこと、気にしないで」

博子はやんわりと叱りつけるように言う。

人家の間の細い道を走り、桃の畑や葡萄棚の間を通り抜けていくと、やがて四車線の道路に出て、視界が急に広くなった。高原で、右手には薄青く連峰が見えている。稜線に見覚えがあって眺めていると、博子がそのほうへ目を投げて言った。

「あの山、あなたに見せたくって」

それは、大学卒業後、博子と二人で登ることを何度も計画し、日が合わなかったり急用ができたりして果たせないできた八ヶ岳であった。


高原のレストランで夕食を食べ、マンションに戻る道で博子が言った。

「この町の学校に三年ばかり勤めたことがあるの」

見ると、道沿いに民家や商店が並び、その裏にも点々と灯が見えている。ここまで通うの大変だったんじゃないの、と瑞枝が聞くと、

「通勤時間は片道一時間足らず。だから、時間的にはさほどでもないんだけど、日陰の坂道が

多いから冬場は神経を使ったわね。それなのに向こうは、授業があるときには大学まで送らせるの。そのためにわたしは遅刻しそうになって。だけど、わたしが足に怪我をしても一度も送ってくれなかった」

またしても、似合わない愚痴であった。

「そんな人だと、博子がいないのは何かと困るでしょうね。食事の用意なんか、どうしていらっしゃるか……」

取り残されて茫然としている男の姿を思いながら言うと、

「何とかしてるんじゃないの。そんなふうに考えること自体、おかしいよ」

博子が強い口調で言った。驚き、そっと横顔を窺うと、思いなしか、眉がつり上がり、唇が突き出ている。

「ああ、それはそうよね。確かにそのとおりだわ」

瑞枝は慌てて取り繕ったが、そのあと、思い切って聞いてみた。

「じゃ、離婚するの」

「ううん。今のところ、それは考えてない」

意外な言葉に、

「そう。離婚はしないんだ」

と、瑞枝がつぶやくように言うと、

「今はね。それだけのエネルギーを使いたくないのよ。離婚してくれと言っても多分、向こうは外聞があるから応じないと思う。そうすれば調停とか裁判とかということになり大変なエネルギーが要るじゃないの。駆け落ちまでした友達がね、婚費分担から始まって十年がかりでようやく離婚したの。それ見てて、そのエネルギーを他に使えばいいのにって、つくづく思ったのよ。わたしね、戸籍は日本人的分類で、苗字や名前は単に符牒《ふちょう》にすぎないと思うの。それに、離婚しても特にメリットがあるとは思えないし」

博子は何度も考えた末の結論を復唱するように言い、

「だって、このままでも年金は自分のがあるじゃない。健康保険だって、自分のがある。死んだときは子供たちが何とかしてくれるでしょう。わたしには、死後の世界まで考える余裕なんて全然ないわ」

と、達観しているとも投げやりとも思える口調で言った。

翌日、妹は点滴をしながらトイレに行けるようになった。消化のよいものなら何を食べてもよいということで、博子が作ってくれた素麵《そうめん》を義弟と一緒に食べて人心地がついた顔の妹に安堵して病院を出ると、博子は玄関先で待っていてくれた。そして「ほうとう」を馳走してくれた後、山のほうへ車を走らせた。

二車線の国道をどのくらいの時間走っただろうか、博子が車を人家の間の細い道に入れた。

車がすれ違うのも難しいと思える細い道で、上り坂になっており、カーブが多い。走るほどに家の灯は少なくなり、道の両側は荒れた杉林になった。目を凝らすと、左側は山で、右側は谷のようである。

「どこへ行くの」

怖くなって瑞枝は聞いた。

「あなたに鹿を見せようと思って」

瑞枝は、六月の末に博子が送ってきた俳句の一つを思い出した。『蕨野《わらびの》の夜目《よめ》にも白し鹿の尻』というもので、瑞枝はすぐに「脱帽」と書いた手紙を博子に送ったものである。

それにしても、人里からまだそんなに離れていないこの辺りで鹿を見ることなどできるのだろうか。

「三段角を持った大鹿がね、道の真ん中にすくっと立っていたりするの。若い鹿が二、三頭、一緒にいることもあるよ。きょとんとした眼でこっちを見ているの。夜中でも眼が赤く光るからよくわかるのよ。うまくいけば、猪やりすや兎や狸に出会うこともあるよ」

車が横に揺れ、時々、上に突き上げた。舗装が剝《は》がれたり、ひびが入っているのだ。それでも、博子は同じスピードで走り続けた。

瑞枝は不安になった。こんな悪路を軽四の車でこのように早く走って大丈夫だろうか。人家もなく、ほかに車一台通らない道で、何かあったらどうするのだろう。

車の揺れがひどくなり、時々、石の撥ねる音がした。舗装が途切れて砂利道になったらしい。

「この道、本当は去年整備されることになってたの。だけど、この不景気で中止になっちゃって……」

杉林の向こうが青白く光った。麓で花火を上げているのだろうと思っていると、間もなくまた光り、稲光だと気づいた。音もなく光り、荒れた杉林を黒く浮き上がらせる。瑞枝は縮み上がった。博子は平然と言う。

「この上に昔牧場だったところがあるの。その辺りまで行けば必ずいると思う」

けれども、いくら行っても杉林は途切れず、牧場らしいものも見えてはこなかった。

「あれは民宿。七月の初めに一度泊まったことがあるの」

博子が指さす左前方を見ると、杉林の葉陰に滲《にじ》むように電灯の明かりが見えている。

「で、そこのおかみさんに赤い眼の話をしたら、あんたって普通じゃない、変わってる、って言われちゃった」

それはそうだろう、と瑞枝は思った。そんなことを言い、こんなふうに行動していたら、だれだって同じように言いたくなるだろう。

「だけど、あの眼、ただの眼じゃないよ」

「というと、どういう……」

薄気味悪くなって瑞枝がこわごわ聞くと、

「遍路の旅から帰って一週間ほどして、わたし、言ったのよ。家を出てマンションに一人で住むって。そうしたら、おじやおばまでが嘴《くちばし》を入れてきて、それでごちゃごちゃになっちゃって、もう面倒になったから、家を飛び出したの。で、この道を走っていたら、遠くの行く手に小さな二つの赤い光が見えて、それがゆっくりと動いていくの。何だろうと思って車を停めて見てみたら、鹿の眼だった。それで、これはよいものを見た、これを何とか句にできないものかと」

「なに？　あなた、そんなときにも悠長に俳句を作ろうなんて考えるわけ？」

「そう。ところが、そうなると今度は、俳句についても全く理解しようとしない彼の態度がまた思い出されて」

「……というと？」

「あなたにも見せた『鹿の尻』の句だけど、県の俳句連盟の大会に応募したら入賞したのよ」

「それはそうでしょう。確かにいいもの」

「ところが、向こうはちっとも喜んでくれない。それどころか、まぐれだろうとせせら笑ってた」

「それ、もしかしたら、やっかみじゃないの」

「そうかもしれない。で、そんなことを考えてたら、何というか、周りの闇が不本意に生きてきたこれまでの暮らしに思え、赤い眼がこれから進む方向の道しるべに見えてきたの。そして、その向こうにはどこまでも続く明るい道があるようにね。それで心が決まったの、何としてもマンションに住もうと。変なことを言うようだけど、鹿の眼って、夜見ると、赤く透き通って、玉《ぎょく》のように見えるのよ。玉って、持ってるだけで力をくれるというじゃない。その力を、あのとき、わたし、もらったのかもしれない。とにかく、あの眼、あなたにも一度見せたいのよ」

瑞枝はマンションへ帰りたくなった。何にともなく怖くなってきたのである。稲光がしたときに杉林の間を何かの影が走り過ぎたような気もする。

けれども、前をのぞき込むようにして車を走らせる博子を見ると、なぜかそれは言えなかった。

瑞枝は諦めた。こうなったら最後まで博子に付き合うしかない。

ようやく両側に黒く聳え立っていた杉木立が途切れた。

「ここが牧場。この辺によくいるんだけど」

博子が車を停め、身を乗り出して前を見た。

瑞枝も同じように目を凝らした。が、それらしい影も赤い眼も見えない。博子がライトを遠くへ投げた。茫々と広がる草原が青鈍《あおにび》色に浮かんだ。風があるのか、穂草《ほぐさ》が揺れている。

「初めて見たのは、ここなんだけど」

けれども、それらしい影も赤い眼も見えない。

博子が車をUターンさせ、右にライトを投げた。

「見えないね」

一メートルばかり下に車を移動し、今度は左を照らす。

「見えないね」

稲光がした。遠くで雷が鳴っている。

「稲光や雷が鳴ってるから鹿も怯《おび》えて出てこれないんじゃないの」

もうこれ以上は付き合えないと思いながら瑞枝は言った。

それでも、博子は答えず、闇に目を凝らしている。

ようやく赤い眼が見えたのは、博子が泊まったという民宿に続く、今はもう荒れ放題の開拓小屋の近くまで来たときであった。

「いた！」

博子が押し殺した声で言った。

その目のほうを瑞枝も凝視すると、確かに藪の中に二つ、眼が光っている。黄色みを帯びた赤い眼で、見入ると玉のように透き通っていた。

瑞枝は思わず目を逸らした。

が、博子は息を詰めてじっと見入っている。

瑞枝は恐る恐る、もう一度それを見た。

魂まで吸われそうな奥深い光だった。

翌朝、瑞枝は中央本線の下り列車に乗っていた。

妹の手術が無事に終わり、その後の経過も順調なので富山に帰ることにしたのだ。

窓際の席に座り、列車で旅をするときにはいつもそうしているように、テーブルを出し、その上に歳時記と句帳を置いた。

しかし、窓の外へ目をやり、俳句の材料になりそうなものが見つかると、それを単語や短い文章の形で句帳に書き付けるところまではしているのだが、それを句にしようとすると、なかなかうまくいかない。

むしろ、葡萄棚や桃の畑が人家の上に今にもなだれそうに広がっている風景を眺めていると、その土地で過ごした三日間のあれこれが思い出されてきた。滝を前にして、あるいは車の助手席で思いがけなく聞くことになった博子の半生が思われた。赤い眼について、ただの眼じゃないと話していた博子の上擦《うわず》った声が耳によみがえった。見入ると魂ごと引き込まれそうな気がした赤い眼が瞼に浮かび、瑞枝をじっと見入ってきた……。

瑞枝は思った。博子は今夜もあの山道を走っていくのだろうか。そして、少しずつ車を移動させてはライトを右に左に投げて、憑《つ》かれたように赤い眼を探すのだろうか。その眼からさらに前に進む力を得ようとして。

列車は松本駅に到着し、かなりの客が乗り込んできた。スーツ姿の人もいるが、ボストンバッグを持つ親子もいる。リュックを背負ったカップルや数人のグループが乗ってきた。足もとを見ると、みな登山靴である。

瑞枝は広げていた歳時記と句帳を閉じ、座席を後ろに倒した。

目をつむると、キャンプファイアを囲んで恋愛や結婚について語ったころが手繰《たぐ》り寄せたい日々として懐かしく思い出された。

蕎麦《そば》の花

どこかから呪文《じゅもん》のようなものが聞こえてくる。

三輪は驚いて、目を開けようとした。ところが、どうしたことか瞼が重く、思うように開けられない。それでも、できるだけ目の周りの筋肉に力を込めるようにして瞳を凝らしていると、やがて、霧が立ち込めているかのような、ほの白い空が見えた。切れ目から、その後ろにある、深い闇の色をのぞかせて。

——もしかしたら、あの闇は冥土《めいど》で、俺は今、そこへ連れて行かれようとしているのかもしれない。いやだ。俺は、まだそんなところへ行きたくない。俺にはもう少しやりたいことがあるのだから。連れて行かれないようにするためには、何でもいい、縋《すが》れるものを探さなければ。

そう思い、宙に手を伸ばそうとすると、その手を摑むものがあり、足もとから黒い影が競り上がった。目を凝らすと妻で、その横には母が、後ろには部下の営業課長が心配そうな顔をして立っている。

「ああ、あなた、気がついたのね。よかった。よかったわ」

妻が感極まったような声で言い、三輪の足もとに突っ伏《つっぷ》した。母は、胸の前で合わせた手を前後に細かく揺すりながら、溢れ出る涙も拭わず、ぶつぶつ呟いている。

三輪は何が何やらわからず、体を起こそうとした。ところが、なぜか、体の自由が利《き》かない。頭を上げて左右を見ると、両手、両足が四方から引っ張られていた。

「……ここは？」

三輪は、白い天井や壁に目をやり、だれにともなく聞いた。いや、聞いたつもりだが、思うように口が開かなかった気がするから、声はあまり出ていなかったかもしれない。

それでも、そばにいる人間には、三輪の尋ねていることがわかったようであった。

「ああ、ここ？　ここは市民病院」

妻が涙声で答え、そのあとを営業課長が引き取るようにして言った。

「対向車を運転していた人は、すぐに救急車で大学病院に搬送されたそうです。しかし、部長は救出されるのに時間がかかったものですから、大学病院のベッドが塞《ふさ》がってしまい、ここに搬送されたということです」

「そうか。そんなに時間が……」

「はい。対向車が部長の車の上に乗り上げていて、ドアが開かなかったそうです。それでレスキュー隊に来てもらい、レスキュー隊まで……。

——そうか。レスキュー隊まで……。

夢うつつではあったが、少しずつ、自分がどうしてそこにそのような状態でいるかがわかってきた。

「……何時だ？」

「えっ？　ああ、今ですか？　今は夜の十一時ですけど」

——夜の十一時。ということは、会社を出発したのが午後の一時半過ぎで、あの葡萄園近くまでは三十分ぐらいで行けたはずだから、八時間か九時間、俺は意識を失っていたということか……。

朝、出勤してからのことが少しずつ思い出されてきた。


その朝、三輪が会社に出勤すると、部下の一人が休んでいた。女性事務員の話では、五分くらい前に本人から電話で、風邪を引いたのか熱があるので休むという連絡があったという。

その男は、この春に採用されて三輪が部長を務める営業部の配属となったのだが、二十代後半というのに覇気《はき》がなく、仕事のミスも多くて、三輪は内心、困っていた。一週間前にも砺波《となみ》市にある大手の卸売業者から、注文していたものとは別の薬が納品されたということでクレームがきており、今日はその業者のところへ、三輪と二人で詫びに行くことになっていた。

——彼のミスで出てきた仕事なのに休むとは、なんと無責任な！　熱が出たというのも、もしかしたら作り話かもしれない。

すぐにでも電話をして真偽を確かめようかと思った。それで嘘とわかれば出勤させて、どうしても連れて行かなければならない。

しかし、間もなく、電話をしても無駄だと思い直した。確かめても嘘と認めるはずはなく、出てこいと言っても、出掛ける時刻までには来ないような気がした。

結局、自分一人で行くことにして、出発前に念のため、濃いコーヒーを飲んだ。数年前、ということは五十の坂を越えたころからだが、昼食後一時間ほどすると決まって眠気がくるようになった。それで、その時間帯にはなるべく運転しないようにしているのだが、この件については三時に伺いますと昨日のうちに向こうに連絡を入れてあることや、用件が用件であるだけに変更するわけにいかない、と三輪は思った。

富山市街を抜けて三五九号線を行くと、間もなく道は登り坂になった。窓の外を流れる色も、コンクリートの灰色やガラスの眩《まばゆ》い反射光から、田や畑や山林などの濃い緑に変わり、疲れていた目も心も、少しずつではあるが潤《うるお》いを取り戻していくような気がした。

長い登り坂のあとにはカーブの多い下り坂が続く。スピードを落とし対向車に気をつけながら、三輪は思っていた。

――子供たちが小さかったころは、たびたび、この道を走った。長男がカブトムシに興味を持っていたころは、その幼虫をもらおうと、この右手奥にある自然博物館まで行くために。長女が歩けるようになると、自転車や滑り台で遊ばせようと、その隣にある『いこいの村』に行くために。

そして、登り坂になると、今度はアクセルを踏みながら思っていた。

――二人が小学生のころは、この坂を登り、もう少し砺波寄りにある葡萄園で葡萄狩りをしたり、バーベキューをした。そう。確か、この坂を登り切った辺りにある葡萄園だった……。

そのときだった。峠の山陰から現れた黒の乗用車が、対向車線ではなく、なぜかセンターラインを越えて突進してきた。

――なんだ。これは！

慌ててハンドルを左に切った。が、時すでに遅かった。フロントガラスの上へその車が覆い被《かぶ》さってきたかと思うと、目の前が真っ暗になり、そのあとのことは、もう、何も覚えていない。

対向車を運転していたのは、数年前に公務員を定年退職した男だった。歴史や文学を勉強したいということで富山大学のオープン・クラスを受講しており、その日も大学へ向かうところだったという。ところが、床に落ちたCDを拾おうとしてハンドル操作を誤り、センターラインを越えてしまった。

「百パーセントこちらが悪いのだと主人も申しております。ですから、本来ならば主人が謝りに来なければいけないのですが、何分にも脊髄をやられていまして、今も全く動けない状態ですので……。本当に申し訳ございませんでした」

その男の妻はそう言って平謝りに謝り、さらにそのあとも息子を連れて見舞いに来たが、三輪は特に恨み言も嫌味も言わなかった。面会謝絶を解かれてはいたが、息をするのもやっとで、ものを言う気力がなかったのだ。それに、そのときはまだ、どうしてこのような目に遭わなければならないのかと、自分自身の運命を恨み、天を呪《のろ》う気持ちのほうが強くて、相手に対してどうのこうのと思う、そこまでの精神的余裕はなかったような気がする。

ベッドに体を横たえているだけでも大変なのに、入院直後から、手の血管が出なくなると今度は足から、というふうに、引っ切り無しの点滴注射を三輪は受けなければならなかった。

白い天井を見上げながら彼は思った。

——俺は果たして本当に生きられるのだろうか。

——こんなひどい思いをするくらいなら、死んだほうがましだ。

ところが、一週間もすると肺からの出血も止まったということで、レントゲン撮影が始まった。

被爆量のほうは大丈夫なのかと心配になるほど多くの写真を撮られて、その結果告げられたのは、左右の下顎骨《かがっこつ》と鼻の骨、右の鎖骨と左の上腕骨、そして右膝の皿と、この六ヵ所で骨折しているということであった。

——俺の人生は、もう終わった。

残っていた気力の糸も断ち切られた気がして、三輪は白い天井を見上げた。

——そんなにも多くの箇所で骨折しているのでは、たとえ骨がつながったとしても職場復帰など無理だろう。いや、それだけでなく、定年後にやりたいと思っていたこともやれないかもしれない。

三輪は、五十歳を過ぎたころから、数年後に迎える定年を楽しみにしていた。さらにその上の地位を望んで働き続ける人もいるだろうが、彼はそれ以上働こうとは思わなかった。三十数年間、職場に拘束されて、やりたいこともやらずに我慢してきたのだ。子供も独立したことだし、残る時間はできるだけ自分のために使いたいと思っていた。例えば、仕事のために中断した水墨画を、もう一度先生について一から勉強したかった。二十代後半より作ってきた俳句から三百句ぐらいを選んで第一句集を出版することも考えていた。子供たちに本を読んでやるとか、目の不自由な人のために名著をテープに吹き込むとか、自分に合ったボランティアを探して、少しぐらいは社会貢献をしなければ、とも思っていた。

——それなのに、このあとずっと他人に介助されて無為にベッドの上で過ごすことになるとしたら？　それでは生きている意味がない。そんなふうにして過ごすくらいなら、あの世へ行ったほうがいい。

面会謝絶が解かれると、会社の人や高校や大学の友人など、多くの人が見舞いに来た。しかし、三輪は少しもうれしいとは思わなかった。むしろ、情けない姿を見られたと思うと、心はずたずたになり、プライドを踏みにじられた思いで、

——あの窓から飛び下りたら一気に楽になれるかもしれない。

――点滴の針を外し、何も胃に入れないでいたら、徐々に衰弱して、あの世へ行けるのではなかろうか。

などと、マイナスの方向へばかり心が向くのだった。

けれども、いくらそう思っても、ベッドに縛りつけられ、独りで車椅子に乗ることさえできない体では、どうすることもできない。

しかたなく、波打ち際に打ち上げられた流木のように心も体も投げ出して、六ヵ所すべての手術を受けたのだが、なにしろそれだけの数の手術である、どのような順序で受けたのかは覚えていない。ただ、最後にやったのが顎の手術であったことだけは、その後が大変だったから、はっきりと覚えている。嚙《か》み合わせが悪くならないように上下の顎をワイヤーで縛って固定するという手術だったのだが、固まるまで四、五十日間、動かしてはいけないということで、金具を装着され、食事は流動食になり、話すことを全く禁じられた。しかし、四六時中そのような状態でいると、十日目ぐらいから頭の天辺《てっぺん》がキリキリ痛み、夜も昼も眠ることができなくなった。そのために頭は常に朦朧《もうろう》としており、廊下の向こうからやって来る人がナイフを持っている通り魔のように見えたり、病室の隅に黒い服を着た男が身を潜めてこちらを窺っているように思えたりした。

顔の上で光と影が揺れ動いている。

木漏れ日かと思い、目を開けてみると、母と見知らぬ女が三輪のベッドの横に立っていた。女は頬が青白く、目がつり上がっていた。痩せた体を黒っぽい服で包み、右手には直径が三センチぐらいの透明な石を握っている。

女は、その石を三輪の鼻の上に翳《かざ》し、左手を口の前にヨットの帆のように立てて、何やらぶつぶつ呟いていた。それから、その石をさらに三輪の右の鎖骨の上や左腕のほうに移すと、再び同じことをした。

三輪は、女から目を外し、その後ろにいる母を見た。母は、日に焼けて皺だらけになった手を胸の前で合わせて、これも何やら呟きながら繰り返し頭を下げていた。

女は、母が連れてきたものと思われた。母はいつのころからか、新しい宗教団体の集まりに通うようになった。父と兄が相次いで病死し、兄嫁が子供を連れて家を出てしまったころからかもしれない。叱りつけ、そんな団体すぐに抜けろと言うと、風呂場の入り口にぶら下げていたお守りのようなものはどこかへ隠してしまったが、直径が二センチぐらいの透明な石は、それから五年たった今も時々どこかから出してきて、自分の痛い膝に翳したりしている。そうしたところを見ると、いまだに抜けられないでいるようで、女は多分、その宗教団体の地方の幹部なのだろう。

三輪は腹の上に置いてあったホワイトボードとマジックペンを取った。そして、まだ力の入らない手で「やめてくれ。この女、すぐに外に出してくれ」と書き殴ると、それを母に示して女を追い出した。

三輪には、母がそうした人間を連れてくる気持ちがわからないわけではない。妻から聞いた話では、母は病院に駆けつけたとき、半狂乱の状態だったという。絶望的な声を上げてベッドのそばで泣き崩れ、息子を助けてくれと言って医者の手を離さなかったそうだ。すべての箇所で手術が成功したと聞いてからは、安堵したのか、静かに三輪の横に座っているが、それでも、時々ふっとまた心配になるのか、三輪の眠っているときにそっとその石を翳したりしている。

三輪は初めのころは、それに気がつくと、声を荒らげて母に言った。

「そんな非科学的なことで治るわけがないだろう」

しかし、今は、母だけなら、目をつむって気がつかない振りをしている。それほど言われてもやめようとしない母の気持ちを思うと、不憫《ふびん》でならないからだ。

手術をして骨の接合がうまくいっていることが確認されると、次はリハビリということになった。

しかし、三輪はあまり熱心にそれをやろうと思わなかった。初めは硬直した筋肉をほぐすことから始まったが、痛くて、思わず悲鳴を上げてしまった。そのあと器械を使って膝を曲げたり腕を上げたりする訓練をさせられたが、そのときは痛いだけでなく、そのへんの骨が外れるのではないかという恐怖を覚えた。そのような痛みに耐え恐怖を覚えながらやったところで、どうせ元の体には戻らないのだろう、それならそんなに熱心にやることはない、そうと考えていたからだ。

車椅子でリハビリ室へ通うのも気が進まなかった。入院後一ヵ月余りで三輪の体重は十五キロも落ちてしまった。なぜなら食欲がなかったし、一時期、死を望んで食べることを拒否していたからだ。そのように痩せた体に病院から貸与された白地の木綿のパジャマを着ると、まるで幽霊で、自分自身、目を背けてしまう。それなのに、さらに顎には金具を、背には、肩が動かないように背負子《しょいこ》のようなものを装着して行かなければならない。廊下やエレベーターの中で人からじろじろと、あるいはためらいがちに見られたりすると、恥ずかしくて惨めで、

「何を見ている。俺は見せ物じゃない」

と、怒鳴り散らしたい衝動に駆られるのだった。

あれは入院して一ヵ月ぐらいたったころのことだ。

リハビリを終えて病室に戻り、車椅子に乗ったまま窓の外を見ていると、だれかがドアを開けたような気配がした。だれだろう。振り返ると、三歳か四歳ぐらいの男の子で、中を窺うようにしながらそろりそろりと病室の中へ入ってきた。

三輪は車椅子の向きを変え、目で笑いながら彼を手招きした。孫に近い年齢だったから親しみを覚えたのだ。

ところが男の子は、それまで三輪が目に入っていなかったのか、びくっと体を震わせて立ち止まると、三輪をじいっと見入った。そして、苦笑いすると、首を横に振りながら後ずさりをしていき、ドアのそばまで行くと、

「きゃあ」

と叫んで廊下へ走り出ていった。

三輪はしばらくの間、何が何やらわからず呆然としていた。しかし、男の子をすでにエレベーター付近で見ていたことや、その子がいやに派手な声を上げながら逃げていったことなどを思い出したり考えたりしているうちに、その行動の意味がわかってきた。

その子は、三輪がエレベーターを降りたときから三輪のあとをつけていたのであった。そして、もう一度自分が目にした怪物を見てみようと、病室まで入ってきたのであった。

惨めさ、怒り、絶望感、さらに、ありとあらゆるものに対する憎悪のような感情までがない交ぜになって、みぞおちの辺りから喉もとへ突き上げた。キーンと耳鳴りがし、頭が痛む。

三輪は車椅子のブレーキを外すと、男の子が出ていったドアに向かって力の限り車椅子を走らせた。そのようにしてドアに体ごとぶつけたら、その衝撃で死ねるかもしれないと思いながら。しかし、それでもまだ生きていることを知ると、今度は廊下に出て、突き当たりの窓に向かって突進した。窓ガラスを割って、そのまま建物の外へ飛び出すことを望みながら。

入院して六ヵ月後、三輪は退院した。

医者からそうしてもよいと言われたわけではない。相変わらず膝も腕も思うようには動かず、体全体が重くてしかたがなかった。それでも、自分から望んで退院したのである。

理由は、車椅子に乗ったままドアや窓に体当たりするという、傍《はた》からは狂ったとしか思えない行動をしたときから、医者や看護師の自分に対する態度が急に冷たくなったように思え、人間として扱われていないという不満を覚えることが多くなったからだ。

総合病院なので日に何回となく救急車が来るのだが、そのサイレンを聞くたびに事故当時のことが思い出され、傷口が痛むのも、やりきれなかった。

夕方、決まったように、病院の空にカラスの群れが来て飛び回るのを見るのも、死期の迫っている人がここにいるよ、と知らされているようで気が滅入った。

冬が深くなると廊下の暗さや静けさが身に沁みるようになり、夜など、牢獄にでも監禁されているような気がして、逃げ出したくなった。

「こんなところにこれ以上いると気が狂ってしまう」

そう言って自分から希望して退院したのだが、行った先は、妻と二人で暮らしていたマンションではなく、そこから車で五分ほどで行ける、母の住む実家だった。妻はデパート勤務で帰りが遅く、まだ手数のかかる三輪の面倒を見ることができなかった。そこで母に食事の世話や排泄《はいせつ》の介助などをしてもらうことにしたのだ。

実家で、妻と母とで用意してくれた電動ベッドに横になると、三輪は思わず号泣《ごうきゅう》した。病院にいる間に積もり積もっていた怒り、悲しみ、不満、恐怖などが一気に噴き出した感じだった。そのあとは、ほとんど飲まず食わずで、眠れるだけ眠った。病院では体温測定だのリハビリに行く時間だのといってたびたび起こされ、なかなかすっきりとは眠れなかった。見舞い客が来ると気を遣ったし、医者や看護師の応対が気に入らないといらいらして、身も心もへとへとに疲れていた。

目を覚ますと、妻か母の気遣いなのだろう、枕もとに日本経済新聞と地方紙が置かれていた。しかし、久し振りにそれらのページをめくってみたが、あれほど関心のあった政治や経済も自分とは関係のない世界に思え、社会面の記事にも特に興味を覚えなかった。

――こんなふうに世の中に関心がなくなっては、生きていてもしょうがないのかもしれない。

――自分が母の介助をすべきなのに、これでは逆じゃないか。母にも世の中にも申し訳ない。

またまたマイナスの方向へ心が向くようになり、ふっと、あの世へ行きたくなった。しかし、母の部屋から持ち出して自分のベッドの下に隠しておいた電気コードやナイフを手にしてみても、いざ踏み切ろうとすると、その勇気が出ない。

――なんと意気地なしなんだ！　おまえ、それでも、男か？

三輪は自分に向かって吐き捨てるように言った。そして妻と母を呼ぶと、有無《うむ》を言わせぬ口調で言った。

「これからは、だれが訪ねてきても、いないと言ってくれ。ああ、そうだ、医者へ行っていると言ってくれればいい。それから、電話も取り次がないでほしい。寝ているとか出掛けているとか、適当に理由をつけて」

このときを限りに他人とは口を利かず、社会と断絶して生きようと決心したのだった。

雪を被って白くくっきりと聳えていた立山連峰も、八月に入って雪が消えると、稜線が和らぎ、青く霞み始めた。

三輪が退院してから一年半になろうとしていた。しかし彼は、週に一度妻の運転する車でリハビリに通うほかは、ずっと家の中に閉じ籠もっていた。体のほうは幾分か力がついてきていたが、心のほうが浮上しないのだった。

ベッドの上でうつらうつらしていると、インターホンが鳴った。母は、整形外科病院のバスで腰や膝の治療に出掛けていた。

出たくないので放っておくと、今度は、

「ごめんください」

と、女の声がした。そのあとも立ち去っていった様子がないのは、遠方から来たか、急ぎの用があるのかもしれない。

しぶしぶ杖を突きながら出ていくと、玄関先に一人の女が立っていた。目が痛くなるほど眩《まぶ》しい田の緑を背にして、白いドレスを着て立っている。

だれだろう。目を細めてよく見ると、黒く大きな目、ぽってりとしていて柔らかそうな唇……。たしかニューヨークにいるはずの藤川詩織《しおり》だった。

三輪は思わず二、三歩、後ずさりしていた。杖を使っている姿など見られたくないと思ったのだ。しかし、すでに見られていては、どうすることもできない。しかたなくその場に突っ立っていると、詩織は言った。

「ああ、よかった、お目にかかれて。病院では、そのような方、現在入院しておられません、の一点張りだし、マンションをお訪ねしてもいつもお留守で。でも、管理人の方に事情を説明して住所を教えてほしいとお願いしたら、ここを教えてくださって……」

ふわっと人の心を包み込むような、あの声だった。そして、

「実は五年前に帰国して東京にいたんですよ。俳句の会のほうにはお知らせしていませんでしたが。で、今度また富山に帰ってきたんで、久し振りに句会に出てみたら、三輪さん大変だったのよ、って、あれはどなたかしら、教えてくださって。それでお見舞いに来たんですけど、ごめんなさい、こんなに遅くなって」

と言う。その話し方も、ゆったりしていて昔と少しも変わらなかった。

三輪はただ、目を大きく見開いて詩織を見ていた。何かを言わなければと思うのだが、その思いだけが喉もとにつき上げて、なかなか言葉が出ないのだ。それでも詩織の話がそこで途切

れると、

「だれかと思えば、詩織さんじゃないか」

初めて気がついたかのように、それだけは言った。言ったあとすぐに、身内の者以外とは口を利くまいと心に決めていたのに、と気がつき、心の中で苦笑したが……。

「そうです。詩織です。お忘れになってました？」

「いや、忘れちゃいない。ただ、あまりにも突然だから……。だけど、驚いたなあ。昔とちっとも変わらない」

「そうですか？　そんなことはないでしょう。だって、あれからもう十年ですよ」

「そうか。もうそんなになるのか。で、また富山に帰ってきたって？」

「ええ。ですから、また、句会でお会いできますよね」

「えっ。ああ、句会か。……そうだな。しかし、まだこんな状態だからね」

「大丈夫ですよ。吟行が無理なら、県民会館の句会に出席するとか、それも大変なら投句からお始めになるとかすれば」

「そうか。そうだよね。県民会館くらいなら出席できるかもしれない」

いつの間にやら詩織のペースに乗せられて、積極的になっている自分に三輪自身、驚いたが、久し振りに心の雲が晴れたような気分だった。

詩織はそのようにして十分ほども話していただろうか、

「ああ、あまりお話ししているとお疲れになるわね」

と言うと、抱いていた見舞いのフラワーアレンジメントを三輪に渡し、

「じゃあ、約束ですよ、近いうちに必ず句会に参加なさること。皆さんにもそうお話ししておきますからね」

と言って何度も振り返りながら去っていった。

詩織の姿が見えなくなると、三輪は、彼女が持ってきてくれた花をベッドからよく見える出窓に飾った。そして、ベッドに横たわり、黄色の薔薇にかすみ草などを添わせたその花を眺めて、詩織が、

「だけど、三輪さんのように何も悪いことをなさらない方がどうしてそのようなひどい目に……」

と言ってハンカチで目もとを押さえていたことや、

「でも、もう大丈夫。私が帰ってきたから」

と冗談っぽく言って微笑んでいたこと、句会で会おうと誘ってくれたことなどを思い返していた。すると、どういうことだろう、

――生きていると人間、このように良いこともあるんだ。

ふと、そうした言葉が頭に浮かんだ。そしてさらに思った。

――だったら、もう少し生きてみようか。

驚きであった。ほかのだれが訪ねてきてくれても、そして、どんなに温かい言葉で励ましてくれようと、一度も頭に浮かばなかった言葉である。それなのに、詩織が来てくれただけでそのように思うとは。三輪自身わからない心の動きであった。

詩織とは、三輪が加盟していた俳句結社の富山支部の月一回の句会で知り合った。大学でも一応サークルに入って俳句は作っていたのだが、卒業後も続けたいと思い、入会の申し込みをしたのだという。

三輪より十八歳も年下だったが、支部の中では三輪が一番若かったせいか、吟行のときも気がつくと、よく横を歩いていた。

そのうち、二人だけでお茶を飲んだり、俳句の材料を探して日帰りのドライブもするようになった。妻が土日も出勤することが多く、あまり気兼ねせずに出掛けることができたのだ。話題はどちらかというと、俳句に関することが多かった。誰のどういう句が好きだとか、この季節には何という季語が使えるとか、どういう本を読むといい、といった話である。そんなとき、ふと気がつくと、彼女が大きな目で自分を見入っていたりして、心が揺れることもあったが、三輪はいつの場合も気づかない振りをしていた。話していると心が弾み、若返る気もしたが、肩に手を触れたことも手を握ったこともない。

妻を裏切ることはできないと思ったからだろうか。確かにそういうことも心の隅では思っていたかもしれない。しかし、それよりも、少しでも触れると大切にしたい何かが崩れてしまいそうで、それ以上踏み出せなかったという理由のほうが大きいような気がする。

とにかく彼女に対する思いには封印をして兄のように接していたのだが、知り合ってから五年目、彼女から縁談についての相談があった。彼女が勤務する会社の上司が持ってきた縁談で、相手は同じ会社のニューヨーク支店に勤める男だということだった。

そんな話、やめておけよ。

三輪はできれば、そう言いたかった。しかし、それじゃ彼女の人生に責任が持てるのかと自分に問いかけると、イエスと自信を持って答えることはできなかった。結局、

「うーん。それは詩織さん自身が決めることで、僕がどうこう言うことじゃないよ」

素っ気なく答えて本心は胸の奥深くに納めていると、九月の半ば、詩織から電話があった。

「今月締切りの句が全然できなくて困ってるの。それで利賀村《とがむら》にでも連れていってもらえないかと思って……。蕎麦の花がきれいだと、つい最近の新聞に出ていたし……」

半月後には挙式だというのに、そんな悠長なことをしていてよいのだろうか。一瞬そう思ったが、彼女からそんなふうに頼まれるのも最後だと思うと聞いてやりたくなった。

蕎麦は、ちょうど花盛りであった。畑一面に咲く様は、緑の野の上にうっすらと雪が降り積もったようで、清々しいが、どこか儚《はかな》さを感じさせた。しかし、道から畦へ下りて屈《かが》んで観察すると、赤く細い茎も、柔らかい緑の葉も、その上に集まるように咲く白い小花も、無駄や虚

飾を省いた強さ、美しさを感じさせた。

――手折《たお》ることもためらわせる清らかさだ。

一瞬、三輪の脳裏をそんな言葉が過《よぎ》った。

すると、なぜか詩織のことが頭に浮かび、いつの間にやら自分のそばを離れて視界に入らなくなっていた詩織のことが心配になった。

ゆっくりと立ち上がり、目でその姿を探すと、詩織は、蕎麦の花が茫々《ぼうぼう》と咲き広がる、その向こうの道に立って、風に靡《なび》く髪を指で掻き上げながら、ノートに何やら書きつけている。

あの様子では、すでにもう、満足できる句が何句か作れたのかもしれない。だったら俺も負けずに作らなければ。

そう思い、再び目を蕎麦畑のほうへ落とすと、一筋の風が山のほうから吹いてきて蕎麦の花をドミノ倒しのように大きく波打たせた。すると、その波に驚いたかのように花の中から白い蝶が二匹、ふわりと舞い上がり、風の中で幾度も縺《もつ》れたかと思うと、再びそのまま花の中に沈んでいった……。

夕明かりがまだ残るころ、富山に戻り、その足で寿司屋に行った。フランス料理でも、と思わないではなかったが、ニューヨークに行けばしばらく寿司は口にできないだろうと思ったのと、できるだけ向き合わないほうがよいと思い、寿司屋のカウンターに座ったのだ。

それから、詩織のアパートの近くまで送っていった。

車のドアを開けて彼女が助手席から降りるのを待っていると、

「もう少しだけ一緒にいたい」

詩織がぽつりと言った。

驚き、心が揺らいだが、挙式を控えて感傷的になっているのだろうと思い、

「そうか。じゃ、どこか近くでコーヒーでも飲むか」

と言って、再び車を発進させようとすると、ハンドルを持つ三輪の左手に詩織の手が触れてきた。ためらいがちにゆっくりと、細く白い指先で。しかし、それはほんの一瞬で、三輪が彼女のほうへ振り向いたときには、すでにその指はするりと引かれていて、彼女は涙の目で三輪を見たかと思うと、

「さようなら」

と言ってスカートの裾を翻《ひるがえ》しながらアパートのほうへ走り去っていった……。

それだけである。そして、それっきり詩織とは会っていない。

それなのに十年ぶりに彼女と会った途端、あれほど沈み込んでいた心がふわりと浮上したのは、一体どういうことだろう。

翌朝、眠りから覚めた三輪が水を飲もうと台所へ行くと、母が畑へ行く準備をしていた。ブラウスとズボンの上に割烹着を着けて、タオルを首にかけ、麦わら帽子を被っている。

「おれも行こうか」

三輪は言った。言ったあとで三輪自身唖然《あぜん》としたが、間もなく、詩織が訪ねてきてくれたことが、自分にそんなことを言わせたのだろうと気づいた。

そのまま母の答えを待っていると、母はなおのこと、びっくりしたらしい、腰を伸ばしてまじまじと彼を見ていたが、

「そうかい」

と言うと、物置から新しい麦わら帽子と長靴を持ってきて、

「じゃ、これを着けるといい」

と、三輪に渡した。

それらを身に着けて、杖を突きながら母のあとについて家を出ると、ひんやりとした風が優しく頬を撫《な》でた。

——ああ、なんと心地よい風なんだろう！

三輪は生まれて初めて、そのように爽《さわ》やかな風を知ったような気がした。退院してから一年半、ほとんど家の中に閉じ籠もっていたので、よけい新鮮に感じたのかもしれない。

歩きながら遠くへ視線を延ばすと、太陽はすでに立山連峰の稜線よりかなり高いところに昇っていた。けれども、空にはまだ茜《あかね》色が残っており、そこを数羽の鳥が誘い合うように南へ向かって飛んでいた。虫の音に気がついて道の脇へ目を落とすと、えのころ草の穂に朝露が光

り、それが群生する、そのところどころに、露草の瑠璃《るり》色や赤まんまの薄紅色がのぞいている。

畑に行くと、そこにも、茄子《なす》、オクラ、つる豆などの花が露を抱いて咲いていた。それらを見つめ、穂の出た稲田やその向こうに青く聳える峰々を眺めながら三輪はつくづく思うのだった。

――外に出れば、このように美しい世界があったのだ。それなのに、俺はそれを見ようともせず、二年もの間、閉じ籠もっていた。なんとひねくれ者で、意地っ張りだったんだろう。

その日は、母から絶対に無理をしないようにとうるさく言われ、自分でも怖かったから、屈まなくてもやれる茄子とトマトの収穫を十分ばかり手伝っただけだった。しかし、鬱々《うつうつ》として いた心もいつの間にか晴れていて、永遠に続くかに見えた長いトンネルも、かすかに出口が見えてきたような気がした。

それからは、雨が降っていないときはほとんど毎朝、三輪は母と一緒に畑に出た。屈むとまだやはり痛みがあって腕にも力は入らなかったが、少しずつ時間を延ばしながら、草むしりや耕すこともした。そうしていると、曲がらなかった膝も少しずつ曲がるようになり、腕にも次第に力がついてきた。それに、日がな一日、部屋に閉じ籠もり、無為に過ごしていると、どうしても自分の体のほうに気が行ってしまい、社会との断絶だとか死にたいなどと、ばかなことも考えたりするのだが、母と一緒に畑に出て汗を流しながら収穫や種蒔《たねま》きをしていると、体の痛みなど忘れてしまい、休職扱いにしてくれている会社にも復帰できるような気がしてきた。

家にいるときは努めて歳時記を手にし、俳句を作ることにした。詩織が言ってくれたのか、結社の支部のほうから月例句会の結果がまとめて一年分届いた。それを読んでいると次第にリズム感も戻ってきて、毎日一、二句は作れるようになった。

お盆過ぎ、三輪はふと思いついて、畑の横の荒れ地の草むしりをした。もとは畑であったのだが、母一人では手に負えなくて放置してあった土地だ。そのあと耕うん機で土を起こし、そこに蕎麦の種を撒いた。それが芽を出し、赤い茎で立ち、白い花をつけるころ、三輪は句会に出ていこうと思った。そして、できれば蕎麦の花の句を提出したかった。

八月の句会の結果を知らせる会報には、詩織の句として、蕎麦の花の句が一句掲載されていた。

絡《から》み合ひ落ちゆく蝶や蕎麦の花

合作

雨混じりの風に押されるようにして麻子《あさこ》は『喫茶白樺』の裏口までたどり着いた。濡れた傘の水気を払い、思い切って店内に入る。が、カウンターの前にもテーブル席のほうにも藤田は見えず、店の中は閑散としていた。

一階にいなければ二階かもしれない。今のような形で会うときには、どちらかというと二階のほうが、客もあまり上がってこなくて都合がよいのだから。

シクラメンやプリムラなどの花鉢で飾られた階段を上り、観葉植物が目隠しになっている二階へ行ってみた。が、そこにも藤田の姿はなく、鉢植えのドラセナやユッカが静かに息づいているだけであった。国道に面した窓際に席を取り、コートを脱いで腰を下ろした。

今朝は何を着て出ようかと、いつになく迷った。華やいだものを着ていたら、藤田はどう思うであろうか。できるだけ明るく別れたいと思ってのことだろう。そう理解し笑ってくれるだろうか。それとも、自分一人弾《はず》んで思いやりがないと恨むだろうか。結局コートの下は薄茶地に小花を散らしたワンピースにし、頬紅は薄めに、リップカラーはオレンジ系のナチュラルなものにした。

もしかしたら藤田はやって来ないかもしれない。何回となく過った思いが、また頭に浮かんだ。自分もつい今し方まで、どうしようかと迷っていたのだ。

階段を上る足音が聞こえてきた。藤田だろうか。一瞬体が硬くなった。それにしては弾みすぎる、と思いながら座り直してそのほうを見ていると、ベンジャミンゴムの葉の後ろから現れたのは、おしぼりと水を持ったウェイトレスだった。

コーヒーを頼み、窓の外へ目をやると、風は、道路の向こうの富山県立美術館の庭の木々の枝をいたぶるように揺すっていた。雪が混じり始めたか、斜めに打ちつける雨脚が白い。ここ二、三日とは打って変わったこの荒天も、今のような会い方には合っているのかもしれない。

ウェイトレスがコーヒーを持ってきた。まずブラックで一口含み、コーヒーシュガーを一匙《さじ》入れる。それからカップを持ち上げ、シュガーの溶ける音に耳を澄ます。こんなふうにしてコーヒーを飲むようになったのも、藤田がそうしていたからだ。

再び窓の外を見ていると、白い車が一台、国道から店の構内へ入ってきた。が、スピードは落としたものの店の前では停まらず、麻子の足もとへ潜《もぐ》っていく。この店は、麻子のいる階の下がトンネル状になっていて裏の駐車場へも行けるようになっている。

あれは多分、藤田の車だ。ナンバーは見落としたが、色と形が彼のものによく似ていた。

しかし、そう思い、耳をそばだてていても、ドアを押して人が入ってきた気配も、マスターやウェイトレスの「いらっしゃいませ」の声も聞こえなかった。店には入らず、駐車場に続く裏の道路へ通り抜けただけの車だったのかもしれない。腕時計を見ると三時十五分、約束した時刻から十五分経過していた。

もしかして、今日会おうと約束したことを藤田は忘れてしまったのだろうか。そんなはずはない。会おうと言ったのは、自分ではなく彼のほうだったのだから。

「じゃ、会うのももう、これが最後と……」

と言いつつ麻子がバッグを手に取り席を立とうとしたとき、藤田が引き留めるようにして言ったのだ、

「いや、もう一度会おう。そうだな、三ヵ月後に」

と。

そして、そんなふうに言う藤田の真意がわからず、戸惑いながらも麻子が手帳を取り出し裏表紙の暦を見て、

「三ヵ月後というと十二月十五日、金曜日だけど」

と聞くと、

「金曜日？　いや、それでもいい。その日にしよう」

と藤田は応え、

「だけど私、あまり遅くなるわけにいかないんだけど」

と麻子が言うと、

「そうか。じゃ、お互い、早退することにして、午後三時にしよう」

と藤田はいつになく強引に言って、それで決まった日であり時刻なのだ。忘れるはずがないではないか。

霙《あられ》はいつか大粒の雪に変わっていた。ひっきりなしに車が通る車道の雪は、踏まれ飛ばされるので、すぐには積もりそうになかったが、歩道のほうは見る見る白く覆われていく。思わぬ雪に道が渋滞し、常願寺川の手前辺りで動けなくなっているのかもしれない。

麻子は残っていたコーヒーを飲み干すと、椅子の背もたれに体を預けた。

藤田との、決して短くはない歳月が思い出された。


藤田との出会いは、二十年くらい前に遡る。

麻子は、東京の短大を卒業後、郷里の富山に戻りT銀行に採用された。人並みに胸膨らませて勤め始めたのであったが、二ヵ月もしないうちに違和感を覚えるようになった。仕事の内容と言えば札や硬貨を数えるか、そろばんを弾くことで、ペンを握っても書くのはほとんどが数字であった。そのうえ、中で働く人々は、と耳をそばだててみると、そうした仕事をしているせいか、とかく人間の評価も持っている金高でしているようで、自分とは価値観が違うと思えるのだった。

いっそのこと辞めて出直そうか、と思い始めていたときに、労働組合に入らないかという誘いを受けた。麻子は迷った。それがどういう組織でどんな活動をしているのか、まだあまり知らなかったからだ。ただ、短大に通っていたころが日米安保を巡って世の中が騒然としていた時期だったから、乗り込もうとする電車の中から組合旗を先頭にした集団が上気した顔で一丸となって降りてくるのに出会ったことや、図書館でたまたま手にした本が林野庁労組の合理化反対闘争を記録したもので、未知の世界だったことから引き込まれて読んだ記憶はあった。

加入するかどうかについてはしばらく返事を待ってもらうことにし、組合新聞を読んだり組合の動きに注目するようになって、麻子はそれまでの職場に対する見方が必ずしも正確ではなかったことに気がついた。金だけに価値を置かない、人間的で情熱的な言葉を口にする人もいることを知ったのである。

こうした人々と付き合えるのならと思い加入すると、やがて婦人部結成準備委員に任命されたり職場委員に推されるようになった。違和感など覚える暇もない日々を送るようになったが、四、五年後、第二組合が生まれ、旧労と新労との間で誹謗《ひぼう》や中傷が繰り返されると、今度はその組合にも疑問を覚えるようになった。規約からしても役員の顔ぶれから見ても、新労は明らかに御用組合であった。しかしだからといって、どうしてこんなにもいがみ合うのだろう。やがて銀行との間でも組合旗を下ろせ下ろさないで揉み合いになって、一人の組合員が暴力を振るったということで銀行から告訴されると、麻子は一度に興ざめしてしまった。

藤田との接近はそうした中で始まっている。

麻子が職場委員として組合書記局に出入りしているころ、藤田も分会役員として顔を見せていた。どちらかというと寡黙《かもく》で、求められなければ意見も言わない男だったが、雑談のときなどに洩らす短い言葉に麻子は惹《ひ》きつけられた。およそ組合的とは言えない、無欲で飄々《ひょうひょう》としたものが多かったのだが、何となく深いところを見ているようで、麻子の心をとらえたのだ。組合に幻滅し心の拠《よ》り所を見失った麻子には、彼の言葉は何かを教えてくれそうに思われた。委員会のあと帰宅するときなどに前を行く藤田を見つけると、麻子は走って追いつき、バス停までの道を一緒に歩くようになった。

どんなきっかけから小説や俳句について話をするようになったのかは覚えていない。そのうち藤田から、彼の蔵書を貸してもらったり本をプレゼントされたりするようになった。

藤田が読むばかりでなく創作もすると知ったのは、『渓声』という二十枚ばかりの小説を見せられたときだ。逃げられた大岩魚を諦められずにまた同じ谷に入る男を描いたものであったが、読めば藤田のことがわかるかもしれないと思い、一気に読んだ。

それにしても遅い。麻子は再び時計に目をやる。三時三十分。三十分も過ぎている。何らかの事情で早退できなくなったのだろうか。それともスリップ事故でもあって、それに巻き込まれているとか。いずれにしても、もうしばらく待ってみよう。

麻子は横の座席からバッグを膝に移し、茶封筒を取り出した。中にはサインペンが三本入っている。

三ヵ月前、やはりこの席で、藤田が手首を揉みながら言った。

「このごろ、ペンを持つと右手の手首がすぐ痛くなって」

「もしかしたら、それ、腱鞘炎《けんしょうえん》じゃないの？　何にしても、早く医者で診てもらわないと」

「うん。だけど、なかなかその時間がなくて」

「そんなこと言ってないで。遅れれば遅れるほど治るのにも時間がかかるというわよ。それに、仕事柄、字を書かないわけにもいかないんでしょう？」

「うん。で、困ってる」

「だったら、ペンよりも筆圧が少なくて済むサインペンを使ったほうがいいかもしれない」

私、いいサインペンを知ってるの。今度会うとき持ってきてあげる。そう言いかけて、麻子は慌てて口を閉ざした。このあと別れ話をするつもりなのに、どうして渡すことなどできるだろう。

ところがそのあと藤田が言い出し、三ヵ月後の今日もう一度会おうという話になったので、昨日三本買っておいた。サインペンぐらい、藤田自身いろいろ使ってみたら、そのうち手に優しいものを見つけるかもしれない。それなのにことさら自分の手から渡そうと思ったのは、別れは別れとして体を気遣っている気持ちだけは伝えたかった。ただし藤田が素直に受け取ってくれるかどうか、それは麻子にもわからない。そう単純には行かないと言って冷やかに笑いながら突き返すかもしれない。

麻子は再び椅子の背に体を預けた。目をつむると車の、雪を蹴散らして走る音が、まるで滝の前にでもいるように高く聞こえてきた。


出会ったころ、藤田にはすでに妻があり子も一人あった。そのことを麻子はもちろん頭の隅に置いて忘れたことはなかったが、お茶を飲んだり一緒に歩くだけなら別に問題はなかろうと思っていた。

振り返ると、あのころの藤田への思いは、兄に対する妹の敬慕のようなものだったのではないかと麻子は思う。しかし藤田のほうは、自分のことをどう思っていたのだろうか。週に一度、仕事が終わってから習いに行っていた水墨画の教室が終わるころ、その建物の前に待っていて、家の近くまで送ってくれたりしていたのだが……。

岩魚釣りに二人で行く話は、麻子のほうから言い出したものだ。藤田の書いた小説『渓声』を読んでからというもの、麻子にとって岩魚釣りは、ぜひとも経験してみたいことの一つになっていた。

女は連れていかないと断られるのではないか、と思っていたのだが、藤田はほとんど間を置かずに、

「じゃ、行くか」

と言ってくれた。

雪解けが落ち着くのを待って山の中に入ると、そこは麻子が習っている墨彩画の世界だった。かすかに若緑色が滲む木々の梢の間に、刷毛《はけ》で刷《は》いたように、あるいは面相筆《めんそうふで》でそっと色を落としたように、山桜の薄紫や椿の紅が交じっている。足もとには、うっかりすると踏んでしまいそうに小さい、菫や名も知らぬ花々が群れ咲いていた。

釣り始めた辺りには川も、両側に道らしいものや、ある程度広い岸辺があった。しかし、流れが猛々《たけだけ》しくなるにつれて道も川原も失《う》せてしまった。そうなると岩の上か浅瀬を選んで右に左に川を渡らねばならない。瀬は速く、腰までのゴム長靴はなじまず、麻子は何度も流れに押し倒されそうになった。その度に藤田の手が力強く引き寄せ支えてくれた。

初心者は釣れるというが、最初の一匹は麻子が釣り上げた。そのあと藤田が三匹釣って、雪渓の前で昼食をとった。岩に腰を下ろしてパンを食べながら、芽吹いて間もない木々の緑と、その隙間から見える澄んだ空を眺め、雪渓を突き破って落ちる滝の音や、長い波形を描いて水の上を飛ぶ鶺鴒《せきれい》の鳴き声に耳を澄ましていると、麻子はいつの間にやらそうした中に溶け込んで、家や組合や、日ごろ煩《わずら》わされているもろもろのことから解放されている自分に気がついた。

ああ、だから藤田はたびたび岩魚釣りに来るのか、と思ったとき、山の端《は》へ目を投げながら藤田が言った。

「ある経理事務所から俺に来ないかと言ってきてね。出してきている条件も悪くないんだが、君なら、この話、どう思う？」

「どう思うって、そんなこと、今急に言われても。ある経理事務所って、どこの事務所？」

「いや、名前はまだ言えんが、場所は家から車で一時間くらいか」

「一時間も！　遠いのね」

「うん。通勤距離としてはちょっと遠いかもしれん。だけど、すぐそこに海があるし」

「海？　ああ、また、釣りのことを考えてるの？」

「うん。仕事の前かあとかに一、二時間はできるんじゃないかと」

「そうよねえ。……まあ、最近の銀行や組合の空気を考えると、それもいいかもしれない」

「そうか。そう思うか」

「ええ。でも、これはあくまで私の意見で。……奥さまはなんとおっしゃってるの？」

「家内？　いや、あれには、まだ何も話してない」

すっと立ち上がると、藤田は上流のほうへ歩いていった。

その後ろ姿を目で追い、麻子は考える。今のように大事な話を藤田はなぜ、奥さんより先にこの自分にしたのだろう。胸が何かに突かれでもしたかのようにじいんと痛んだ。

「待って！」

小さく叫んで麻子は藤田のあとを追った。雪渓の根もと近くで追いつき何かを言わなければと思ったとき、くるりと振り向いた藤田の目が麻子を見つめてきた。見返す麻子を藤田が強く引き寄せる。麻子は目を閉じ顎を上向けた。が、ゆっくりと下りてきた彼の唇は麻子の瞼に押し当てられただけであった。

二ヵ月後、藤田は銀行を辞め、魚津の経理事務所に就職した。将来の待遇についても銀行と同等にすると約束されていたらしい。

それっきり、藤田からは何の連絡もなかった。取り残された思いで苛々している麻子に、中野進《すすむ》との縁談がきた。

大学では経済学を学び、卒業後、電力会社に勤めていた進は、文学的方面には全く関心がなさそうであった。いや、むしろ麻子がそうした話をすると、煙たげな目をして話を逸らす。そして会う度に話すのは、当時取ったばかりの自動車免許のこととガソリン代のことであった。あまりにも夢のない話に麻子は、あくびをかみ殺して考える。この人はこんな話のどこがおもしろくて、こうも繰り返し話すのだろう。

が、麻子の両親は気乗りしているようであった。電力会社なら潰《つぶ》れる心配がない、一生楽して暮らせるよ。まじめすぎて少々退屈かもしれないけど、結婚相手というのはそのくらいがちょうどいいのよ。

仲人からも、これ以上の話はこのあとこないと思いますよ、だめならほかへ持っていきます、などと早い決断を迫られ、麻子は返答に窮《きゅう》した。

それ以前にも縁談はいくつもあった。が、どの話にも麻子は断りの返事をした。やりたいことがいろいろあるし、結婚なんてまだ考えられない。そう言って母から断ってもらっていたのである。が、それは今思うと多分、藤田がいたからで、このように全く会えなくなり電話もかかってこないと、そうも言っていられない気がしてきた。遠い向こうに独りうずくまる自分の姿が見えるような気がした。

思い切って藤田に電話をかけ、仕事が終わってから『喫茶白樺』に来てもらい、進の話をしてみた。

「どう思う？　この話。受けたほうがいいかしら」

そんな男やめておけよ、君にはちょっと合わない気がする。てっきりそう言ってくれるものと思っていたのだが、藤田はさほど間を置かずに、ぼそっと言った。

「君が受けようと思うんなら、そうしたらいい」

「……そう？」

麻子は裏切られた思いで藤田の目をのぞいた。

「そんなふうにあっさり言われると、よけい考えてしまう」

「だって、反対する資格など、この俺にはないし」

低く呟くように言って麻子の後ろへ目を逸らした藤田の脂気《あぶらけ》のない額を見て、麻子は思った。今のこの態度といい、岩魚釣りに連れていってもらったときの滝の前でのことといい、この人はやはり、あの『渓声』に出てくる男同様、よくわからない。

それから数ヵ月後、麻子は進と結婚した。

電話が鳴っている。一階のカウンターの隅にある電話のようだ。藤田からだろうか。麻子は腰を浮かす。少し遅れるが待っていてほしい。そう言ってきたのかもしれない。いや、都合で行けなくなった、別の日に会えないだろうか。そんな連絡かもしれない。が、しばらく待ってみても、ウェイトレスの階段を上がってくる足音は聞こえなかった。時計を見ると四時二分。一時間は待ったことになる。

窓の外へ目を向けると、雪はやんでいたが、仕事を終えて事務所へ戻る車なのか、それとも家路を急ぐ車か、車道はかなり混んでいて、中にはライトを点《つ》けているものもあった。そしてその横を、人は背を丸め、爪先で立つようにして歩いている。気象台は午後から気温が下がると予報していた。が、これほど早くからとは、だれも考えていなかったのだろう、着ているものは薄く、履物も短靴が多い。

紺色の車が一台、足もとのトンネルを潜っていった。藤田だろうか、と麻子は思う。色は違うが、何らかの事情であれに乗ってきたのかもしれない。が、そのあと人の入ってきた気配がして賑やかに聞こえていた話し声も、しばらくすると、ふっと聞こえなくなった。

やっぱり忘れてしまったのかもしれない。でなければ電話もできない状況にあるとか。なんにしても、こうした日を迎えることになった理由が主に自分にあることを思えば、そしてこれが彼と会う最後であることを考えると、一時間や二時間待たされてもしかたがないのかもしれない。

七年前の夏の日、どうにも遣《や》る方無《かたな》くて魚津まで出かけたことが思い出された。そして何かに突き動かされるようにして海沿いにある電話ボックスから藤田に電話をしたことも。

電話や手紙のやり取りもなく町で擦れ違うことも全くなかった藤田と再会したのは、進がくも膜下出血で亡くなった年、今から七年前であった。

五歳の娘と老いた義理の母と、交通事故による後遺症のため、まともに働けなくなった義理の姉を遺して進に逝《ゆ》かれたとき、麻子は途方に暮れてしまった。いきなり重い荷物を負わされ、濃い霧の中に放置されたように思えたのだ。

立ち上がる気力もなく、人と話すのも億劫《おっくう》で、挨拶回りや役所への届けに出た以外は家に閉じ籠もっていたが、忌引休暇が過ぎればいやでも仕事に出なければならなかった。足を引きずるようにして出勤すると、そこは相変わらず旧労と新労が対立し、銀行と旧労がにらみ合う、刺々《とげとげ》しい空気の流れる場所であった。何の屈託もなさそうに笑い、話す女たちを見ると恨めしく苛々し、叫びたくもなるので、麻子は一冊のノートを買った。そこにそうした思いを書きつけるようにしたら心の整理ができ、気持も落ち着くのではないかと思ったのだ。けれども十日、さらには二十日書きつけてみても心は治《おさ》まらなかった。

四十九日が過ぎるのを待って、麻子は午後から年次有給休暇を取った。そしてバスで富山駅前まで行くと、電鉄富山駅に入り、電鉄魚津駅までの切符を買った。

海を見るのだ。広い風景を眺めていたら少しは心が晴れるかもしれないから。

しきりに自分には、そう言い聞かせていたが、それだけの理由でないことは、切符を買う前からわかっていた。藤田の事務所がその町にあったからだ。

電車を降りると海に向かって歩いた。日傘をさしているというのに夏日が肌に突き刺さるように痛い。海は風が強く、波がテトラポッドにぶつかっては高く飛沫《ひまつ》を飛ばしていた。海面から少しだけのぞいたテトラポッドの先端に鷗《かもめ》が数羽止まっていた。強い風を受けると、ぐらりと倒れそうになるが、それでもすぐに体勢を立て直し、また沖のほうへ目を向ける。まるで人間のようだと思ったとき、藤田が思い出された。藤田はそのようにして海を眺める男だった。背広に風をはらませて遠くの一点へいつまでも目を投げている……。

電話をしよう、と麻子は思った。声を聞くだけでいい。あの声を聞けば、この遣り切れない思いも少しは和らぎ、生きる気力も出てくるかもしれない。

ダイヤルを回すと事務員らしい女の声が出て、それから藤田の声に代わった。

どこにいる？　どこって、海。海？　どこの？　電鉄魚津駅から真っ直ぐ歩いて突き当たったところの。なんだ、すぐそこじゃないか。何をしている？　何って、ただ海を見てるだけ。そうか。よし、わかった、すぐそこへ行くから。

麻子の言葉も待たずに電話を切って、藤田は車で駆けつけてきた。

「乗れよ」

と言う声は、昔そのままに少し高めだ。が、七年ぶりに見る頭髪には白いものが交じり、目尻にも皺が刻まれていた。

麻子を拾うと、藤田はすぐに車を発進させた。海岸沿いを走り、山のほうへ上り、海を見下ろせる道路沿いの空き地で藤田は車を停めた。

「聞いたよ。大変だったな」

十秒ばかり無言でいた後、藤田は言った。そして再び黙り込み、目を水平線のほうへ向けていたが、しばらくすると、また言った。

「しかし、どういうわけだろう、それを聞いたとき、きっと訪ねてくると思ったのは」

麻子はそっと藤田を見た。けれども藤田は振り向こうともせず、目は相変わらず遠くへ投げている。

「訪ねてきて、軽蔑する?」

「いや、そんなことはないさ」

「だって、どうにも心の遣り場がなくって……」

噴き上げる思いに堪え切れなくなって、麻子は藤田のほうへ身を倒した。声を上げて泣く麻子の背中を、よしよしというように藤田が大きな手のひらで撫でてくれる。ひとしきり泣いた後、麻子は身を起こして言った。

「この二ヵ月、私が何をしてたか、藤田さん、わかる？」

「さあ、何だろう。わからない」

「書いてたの」

「書いてた？　……何を？」

「もろもろの思い。たくさんの愚痴。ただし、ノートに思いつくまま書きつけただけなんだけど。……ねえ、私、チャレンジしてみようかな」

「チャレンジ？　何に？」

「小説」

「小説？」

「そう。前に藤田さんに見せてもらった『渓声』のような。……おかしい？」

「いや、おかしくはないさ。むしろ、今の君なら、いい物が書けるかもしれない」

「そう？　じゃ、書いたら、見てくれる？」

「ああ、俺でいいのなら」

「そして助言もしてくれる？」

「助言って、そんな偉そうなことはできないが。しかし、応援はしよう」

藤田の左手が麻子の肩に伸びてきた。薄く笑いながら麻子の体を引き寄せる。なぜか怖くなって藤田の後ろへ目を逸らすと、窓の向こうには葛《くず》の葉が鬱陶しいばかりに広がっていた。そして、その濃い緑の広がりの上にぽつりと一つ、赤紫色の房状の花が咲いているのに気がついて、それを目の端に入れて見ていると、

「俺も書くから」

と耳もとでささやいた藤田の唇が、そっと前へ回って麻子の唇に柔らかく被さってきた。

そのあと、藤田は一言も言わずに車を発進させた。

「どこへ行くの」

と聞いても、振り向きもしなければ返事もしない。

「どこかでコーヒーでも飲んで別れましょうよ」

と言っても素知らぬ顔で、ホテルへ乗り入れると麻子を沼へと引きずり込んだ。

「……悪い女だと思ってる?」

藤田の胸から顔を離すと、麻子は尋ねる。

「悪い女?　……だれを?」

藤田が聞き返す。

「だれって、こんなふうに押しかけてきた私のことを」

「……いや」

「そう。……じゃ、後ろめたさのようなものは？」

「……後ろめたさ？　……だれに対する」

「それは、だから、その……」

「ああ。……覚えないね」

「……どうして？」

「どうしてって……」

藤田はそれ以上言葉を継がず、麻子の首を引き寄せる。

「……七年前、進と結婚すると決めたとき私、あなたのことはきっぱり忘れることにしたの。だけど、そう簡単にはいかなかった。話が合わないし、情けないほど母親や姉に弱い人で、私がひどい扱いを受けていても庇ってくれようともしなかったから。それでも努力したのよ、何とかして中野の家の者になろうと。そうしたら、そのうち進も私のほうを向いてくれるようになって、娘も生まれたから、結局この人と添《そ》い遂げるんだろうなと思ってたんだけど、それがいきなり、こんなことになって……。で、だれかに手を差し伸べてもらわないと立ち上がることもできないと思ったとき、まっさきに頭に浮かんだのが、藤田さん、あなただった。で、随分迷ったんだけど、結局来てしまった。……私たち、地獄へ行くのね」

再び藤田の胸に顔を埋めて麻子は言った。

「ああ、地獄行きだろうね」

藤田は低く呟くように言って、更に深みへと麻子を誘い込んだ。

麻子は再びバッグを取ると、今度は白い封筒を取り出した。中には、再会して数日後に藤田にあてて書いた手紙の下書きが入っている。次に会ったときに「口ではとても言えそうになかったから」と言って手渡したものの下書きだが、捨てる気にはなれず、封筒に入れて和箪笥《わだんす》の引き出しの底に隠しておいた。そしてその後すっかり忘れていたのだが、この四月、娘が中学生になるので入学式に付け下げでも着ようかと思い、その引き出しを開けたときに発見した。

手紙は、下書きだからか、起首《きしゅ》も時候の挨拶もなく始まっていた。

先日はお忙しいところを、どうもありがとうございました。お蔭で苛立ち、ささくれていた心も少しは潤い、周りの人たちにも優しく接することができるようになりました。

その際にも少しはお話ししたかと思いますが、あの、突き落とされ錯乱し足掻《あが》く気力もないときに、ただ一つ、目の前に浮かんだもの、それはあなたの背中でした。以前、岩魚釣りに連れていっていただいたときに見た、あなたの大きな背中だったのです。そこに顔を埋めさせてもらい、涙が涸《か》れるまで泣かせてほしい、そう思いました。

結局その思いを抑えることができず、あのように押しかけてしまったわけですが、今現実に立ち返り、道ならぬ道ということ、罪という言葉におののいています。あのときは気にならなかった、あなたの奥様と進の視線が、今はあなたの後ろに感じられてならないのです。あなたはいかがですか。同じ思いではないでしょうか。あのときは男として見捨てることができずに応えてくださったのでしょうが、そのあと後悔し、お苦しみになったのではないでしょうか。

そうなのでしたら、この罪作りな私をどうぞ、お許しください。そして、あのときのことはもう、お忘れになりますように。悪い夢を見たとして、すべて消し去ってくださいますように。寂しかろうと、つらかろうと、私も忘れることに努めますので。

何にしても、ここしばらくはお会いしないほうがよいと思っております。あなたのためにも私のためにも、そのほうがよいと考えております。

ただ、先にお話ししました小説の原稿は、郵送させてもらってよろしいでしょうか。ご批評とご指導をお願いしたいと思いますので。ご指導いただく方法はそのときまでに考えます。

いきなり押しかけたかと思えば、しばらくは会わないことにしようと言う。随分勝手だとお思いになるでしょうが、会うまいと決心するにはかなり苦しみました。

あなたの優しいご理解をお願いいたします。

そして結語もなく終わっていた。高ぶり揺れる心を自ら諭《さと》すようにして書いたことが明らかにわかる、小刻みに震える文字で。

複数の足音が階段を上がってきた。麻子は急いで手紙を畳むとバッグの中にしまった。

ベンジャミンゴムの後ろから姿を見せたのは二十代前半と思えるカップルだった。麻子の姿が目に入ると一瞬立ち止まったが、すぐに視線を逸らして、斜め向こうの席へと歩いていった。男の腕は女の腰に回され、女の上半身は男のほうへ傾いている。席に着くと女が少し上擦った声で言った。

「お母さんて、すっごくモダン。お父さんは好々爺《こうこうや》ってところかな」

「どう、同居してうまくやれそう?」

「そうねえ。でも心配しないで、私、頑張るから」

「そうか。よろしく頼むよ」

男は、テーブルの上に置かれた女の手の上へ、指の長い色白の手をふんわりと載せた。

大っぴらで何の屈託もなさそうな二人に、麻子は羨望というより危うさを覚える。二十数年、生ぬるい水の中で生きてきた人間が、世代の異なる人間も入っている別の水槽で生活するのである。そう簡単に解け合えるはずがない。

再び目を閉じると、手紙を手渡した後の藤田との時間がよみがえった。

手紙はブレーキになるどころか、むしろ掻き出した埋《うず》み火《び》を煽《あお》ったようであった。藤田はそれを鞄の奥深くにしまうと、前と同じように無言で車を走らせた。そして麻子は藤田の腕の中で、手紙に書いた言葉が本心ではなかったことを思い知らされた。

後ろめたいが幸せに心震える時間がよみがえり、麻子は自分が徐々に他人に優しくなっていくのを覚えることができた。けれども、それぞれに仕事があるのと、車を使っても一時間と離れている。会えるのは週に、あるいは十日に一度がせいぜいだったから、麻子は毎日、昼食を銀行から二区画向こうの喫茶店でとることにした。そこで藤田からかかる電話を待つのである。話の内容は主に読んだ本のことや、それぞれが書き進めている小説のことであったが、そうした話をすることで、藤田への募る想いをなだめ、ともすれば萎《な》えそうになる書くことへの意欲や情熱を掻き立てていたのではないかと麻子は思う。

会わなければ募る藤田への想いから心を逸らすためにも、書くことに没入することは麻子にとって必要なことであった。わずかな時間も原稿用紙を出してペンを握ったが、なかなか思うようには文章が出てこなかった。

最初に書いてみたのは、かつて読んだ林野庁労組の合理化闘争であった。しかし資料をそばに置いて書き出してみても、チェーンソーを使うところを見たわけでもなく、職場の雰囲気も知らない。闘う男たちに接触するつてを探そうとしても、それもそう簡単ではなく、十枚も書かないうちに断念せざるを得なくなった。がっかりし、自信も失せて、いまさらながら道の遠さを思い知らされたのであったが、藤田のほうはそうしたこともなさそうであった。五十枚あるいは百枚のものをあまり時間をかけずに書いてくる。ただ惜しいのは、それをその後二度と推敲しないことであった。

藤田から『ぬえ（鵺）』という原稿を読まされたあと、それを返して麻子は言った。

「さすがね、これだけのものをたった二ヵ月で書くなんて」

「いや、それが、初めに構成をしっかりやらなかったからか、後半収拾がつかなくなって。だから、その辺り読みにくくなかったか？」

「そうね。そう言われればそうかもしれない。だけどそれは、これから直すんでしょう？」

「いや」

「えっ。直さないの？」

「うん」

「そんな！　もったいないじゃないの」

「そうか？　だったら、君のほうで手を入れてみてくれ。いや、どうせ、君にあげようと思って書いたんだから」

「そう？　じゃ、一応やってみるけど。でも、これはあくまで藤田さんの作品、いただくわけにいかないわ」

と言って原稿を再び藤田の手から受け取ったのだったが、そのときは本当に手を入れた後、即座に返すつもりであった。

が、あれこれ推敲しているうちに考えが変わっていった。

『ぬえ（鵺）』は組合分裂とその中でうごめく人間たちの思惑と行動を、藤田なりの冷めた目で書いたものであった。麻子も渦中にいたからモデルもわかり、推敲しやすい。藤田が気にしていた構成も、神が手を添えてくれたかのようにすっきりしたものに仕上がった。

合作という言葉が頭に浮かんだのは、そのときである。音楽でも、共同制作ですでに佳作が生まれている。音楽でも、例えば他者の作った詩に曲を付けるのは一種の合作だろう。絵画や彫刻では、文章においてもそれは試みられてよいのではなかろうか。複数の人間の思いがこれから書こうとする作品のテーマやモチーフについて合致し、その上で互いの不足分を補いながら一つの作品を完成させる。それほど感動的な人間関係はほかにないと思うのだが、その共同制作者が例えば想い合う二人であった場合、それは男と女の最上のあり方と言えるのではなかろうか。

藤田への想いが登り詰めるとき、麻子は思わず口のなかで子供が欲しいと呟いた。この人との歳月の証《あかし》が欲しい。けれども二人の置かれた状況を考えるとそれは望んではならないことだったから、諦めていたのだが、それがもし子供ではなく共同で制作した小説だったとしたら、それは何よりの証になるのではなかろうか。

それから半年後、『ぬえ（鵺）』は労働者文学のA賞で佳作に選ばれた。作者名は二人で相談し、藤田と麻子の連名にした。

「三百編応募数があって佳作になったのよ。すごいと思わない？」

「思うよ。いや、君の力だ。君が頑張って手を入れてくれたから」

「そんなことはない。藤田さんの力よ。だって基になっているのは藤田さんの原稿だから」

「とにかく乾杯」

「そうね。御苦労様でした」

ビールで乾杯し、これからもこのやり方で、と暗黙のうちに了解し合ったのであったが、それがそう行かなかったのは、所詮創作というものは孤独な闘いからしか生まれないということか。作品を二人の歳月の証にしようと思ったことも、結局は少女じみた感傷にすぎなかったということか。


外の景色が青みを帯びて、ライトを点《つ》けた車が増えてきた。時計を見ると四時三十五分。約束した時刻より一時間三十五分も過ぎている。こんなにも遅れることは、藤田の場合、かつてなかったことであった。

やっぱり忘れたのだ。いや、忘れはしないが、来たくなくなったのかもしれない。しかし、自分で決めておいて来たくなくなったとは……。まあ、しかし、それもわからないことではない。いずれにしても、あとしばらく、五時までは待ってみよう。それで来なければ、帰ったっていいだろう。

結局、藤田との間はこういう形で終わるのかもしれない。何とも締まりのない形だが、これもやむを得ないことなのだろう。

最後に藤田の肌に触れたのは、もう一年も前になる。その前は多分、その半年ぐらい前だ。藤田と寄り添うとき、麻子の体は全身、液体になった。微かな動きにも震え、波立ち、渦巻く。すべての細胞がひたすら藤田を希求《ききゅう》するのであったが、それでも麻子は藤田を彼の妻から奪おうとは思わなかった。自分のように死別の場合、恨んではみてもその人はこの世に亡い。しかし離別となれば、恨みの対象はこの世に生きている。諦めようにも諦めきれまい。苦しみは自分が経験した以上になるだろう。そう思うと、藤田に、奥さんと別れて、とはとても言えなかった。それなら、この形がいいとでも言うのか。今しばらく、もう少しだけ、私が強くなれるまで、どうか、このままでいさせてほしい。イメージの結べない藤田の妻に向かって手を合わせ、そのままずるずる会い続けたということだが、それでも三、四年前からは、会うにしても二ヵ月あるいは三ヵ月後というふうに間遠《まどお》になっていた。後ろめたさから逃れるために麻子がそのように日を決めてきたのだが、間があろうと心も体も堪えられるようになっていたことは確かだ。藤田のほうでもそうなのか、コーヒーだけで別れてもあまり不満を示さなかった。

このようにして徐々に友情に変えていこう。そのほうがお互い苦しまずに済むし、二人の関係も長続きするだろう。藤田に限らず男と女の関係は、もうこれっきりにするのだ。少なくとも半年前、演劇鑑賞会の世話人会で佐藤大介《だいすけ》に出会うまでは、本当にそう考えていた。

創作の共同制作については、三年前に終わりを見ていた。

『ぬえ（鵺）』の後、藤田からは同じ傾向のものを二編、受け取った。けれども、そのいずれについても麻子は手を入れる気にならなかった。藤田はそれほど活発に組合活動をやっていたわけではなかったから、どうしても主人公は傍観者か敗走者になるのだが、第二作も第三作もそれではいささか鼻についてくる。

「一度、主人公を活発な活動家にしてみたら？」

と言ってみても、あまり気乗りしないようで、その後に見せてきたのは、亡者《もうじゃ》か動物を主人公にしたもの、あるいは、よくわからない観念小説であった。

一方、麻子は書きたいと思うものが次々と頭に浮かぶようになった。それを虚実《きょじつ》ない交《ま》ぜにして書いていくと、鬱積していた思いが発散されるのか、心の中が軽くなる。

藤田からは、その後も時々、二、三十枚の原稿を渡された。が、家に持ち帰っても、なかなか読む気にはならなかった。それよりも自分の手掛けている作品を仕上げたい。

藤田に原稿を返すとき、麻子は作り笑いをしなければならなくなった。

「そうねえ。おもしろかったわ。ちょっと不思議な世界だけど」

「そうか。じゃ、気が向いたときにでも、また手を入れてみてよ」

「ええ。でもねえ、これ、藤田さん独特の世界だし、私より藤田さん自身で推敲するほうがいいんじゃないの？」

コーヒーカップから目を上げ、まじまじと自分を見ている藤田の目から目を逸らし、麻子は、二人の間に生まれてしまったこの心のずれは、もうどうしようもないのだろうと思うのだった。

藤田の書いたものはあらかた麻子が目を通すように、麻子の書いたものも藤田に見せることになっていた。それに対して藤田は感想を、おおまかなことは言葉で、細部については原稿に直接書き込むという形で言ってくる。それを参考にしてまた書き直していたのだが、いつのころからか麻子は、その書き込みがあると不快感を覚えるようになった。それに、藤田は麻子が最近書いているものについて「激しいなあ」と言ったり「暗いなあ」と評したりする。「暗いなあ」にはうなずかざるを得ないが、「激しいなあ」には不満を覚えた。藤田の体質に合わないということなのだろうが、書くことは自己表現と思う麻子は自分を否定されたような気がするのだ。

「今書いているのは君がモデルだ」

藤田がそう言ったのは去年の今ごろだった。

「私をモデルに？　なんか怖い」

やめてほしいと言いたかったが、何を書こうと藤田の自由だとも思う。

「あんまりそれとわかるようには書かないでね」

とだけ言って、あとは笑っていたのだが、出来上がったものを読んで、麻子は気分が悪くなった。

それは、不倫の関係にある男女の心理を書いたものであった。二人して岩魚釣りに行くのだが、帰ろうとしたとき道に迷ってしまう。

男のほうは慌てず、

「露顕《ろけん》したときはしたとき。どうせ妻とは離婚し、君と一緒になるんだから」

と言うが、女は首を横に振り、怒った顔をして言う、「だめよ。今露顕するのはまずい。だって、遺言書には土地と建物は私に、と書いてあるんだけど、それを私が病床にあるあの人に無理やり書かせたなんて奥さんが言い出したから。まあ、弁護士さんは、自筆の遺言書だし無理やり書かせたという証拠もないから私のほうが有利だとおっしゃってはいるんだけど、なんにしても今はできるだけこちらに不利になることは表に出ないようにしないと。だから、早く道を探しましょう。日の暮れないうちに」と。

幸い、それから間もなく道は見つかるのだが、何とも計算高い女であった。

「嫌な女。私って、こんなふうに見えてたということ？」

「そんなことはない。これはあくまで作り物。書いてるうちにどんどんエスカレートしていったというか……。そんなことって君にも経験あるだろう？」

藤田はしきりに弁解したが、一旦曇った心はそう簡単には晴れない。

藤田には実家の父や母に話していないことまで打ち明け、相談してきた。老いた義理の母や、まともに働けない義姉を置いて家を出られない意気地なさも何度となく話した。それなのに、このような女に見られていたとは……。

「こんな女なら、とっくにもう、あの家を出てると思うわ」

これからは男と女ではなく友情で結ばれる関係に、と思っていた、その友情も夢物語にすぎなかったことを麻子は知った。


三ヵ月前、藤田と話したのもこの席だった、と麻子は思う。

あのときは彼のほうが先に来て待っていた。

「ちょっと伝票とお金が合わなくって」

と麻子が申し訳なく思いながら言うと、

「そうか、それが一番いやなんだよな」

と藤田は言って、むしろ「ご苦労さん」と麻子を労ってくれた。

そのあと手首が痛いと彼が言ったので腱鞘炎やサインペンの話をしたのだが、言葉は思うように続かなかった。一方で、別れ話の切り出し方を考えていたからだ。すると、藤田が聞いた。

「で、君のほうはその後も書いているのか？」

「えっ。ええ、少しは。ただ、ちょっとこのところ、人と会うことも多くて……」

「人と会う？」

「そう。で、その人と会ってるのに、藤田さんとこうして会うのはどうなんだろうと……」

ついに切り出してしまった、と麻子は思った。これ以上は言わなくても藤田にはわかるだろう。じっと見入ってくる目から目を逸らしてコーヒーカップの底を見ていると、藤田が言った。

「そうか。……いつから？」

「えっ。そうね、いつだろう。……ごめんなさい。気がついたらそうなっていたというか」

「ほう。で、その男、独身？」

「えっ。……ええ、彼の話では二年前に離婚したと」

「ふうん。で、やっぱり小説か何か書くわけ？」

「ううん。……ああ、たまにシナリオのようなものは書いてるみたい」

「シナリオ？」

「そう。演劇部の生徒たちのために」

「ああ、教師か」

矢継《やつ》ぎ早《ばや》に発せられる藤田の質問に胸苦しい思いで答えながら、麻子は自分がまだ大介のことをあまり知らないことに気づいていた。今後についてもどうなるのか、予想もつかないのだ。しかし、それはともかく、今はただ、この人との関係に区切りをつけることだけを考えよう。

「そうか。で、その男とはすでに越えてしまったのか」

「えっ。……さあ、知らない」

とっさに答えたが、頬が引きつり、目が宙に浮くのがわかった。それでも、藤田との長い年月を考えると、すぐに席を立つわけにもいかない。

「今ここでこんなことを言うのもおかしいかもしれないけど、私、こんな日が来るなんて、思ってもいなかったのよ。だって私、藤田さんのお蔭で立ち直れたんだし」

「いや、俺は特に何もしてあげていない」

「そんなことはない。たくさんのことをしてもらったわ。とても感謝してるの」

慌てて言葉を重ねたが、それも藤田に届く前に淡雪のように消えてしまっている気がする。

「だけど、あの小説を見せられたころから、なんだか距離を覚えるようになって」

「あの小説？」

「そう。私をモデルにしたという、最後に見せてもらった小説のことだけど」

「ああ、あれか。あれはだから、あくまでフィクションだと言ったじゃないか」

初めて苛立たしげな藤田の声が聞けたと思った。もっと激しく怒ってほしい。

しかし、藤田はもう何を言ってもむだだと思ったか、黙ってコップの水を一口含むと、窓の外へ目を向けてしまった。

「とにかく、その手を早く治して」

これ以上長居をすれば気まずくなるばかりだと思い、麻子は言った。そして、

「じゃ、会うのももう、これが最後と……」

と言って、バッグを持って立ち上がろうとした。

そのとき、それを引き留めるようにして藤田が言ったのだ、

「いや、もう一度会おう。そうだな、三ヵ月後に」と。

外へ目をやると、再び雪が降り始めていた。細かく硬そうな雪で、歩道ばかりか、車道にも青灰色に積もり始めている。

こういう降り方になっては喫茶店へなど立ち寄る気にもならないのだろう、紺色の車のあとは車も人も全く構内には入ってきていない。

結局、藤田は来ないようであった。これでいいのだ、と麻子は自分に言い聞かせた。

斜め向こうの若い二人は、もう話し合ってはいなかった。それぞれがコミック誌に鳥のように首を突っ込んで、くすくす笑いながら読みふけっている。

麻子はサインペンの入った封筒をバッグに戻し、コートを手にして立ち上がった。そのとき、三ヵ月前の藤田との別れ際を思い出した。

――「じゃあ」

と言って麻子が立ち去ろうとすると、藤田が後ろから呼び止めた。振り向くと、右手を差し出し、握手を求めている。麻子は一瞬ためらったが、それでもそれに応じた。

藤田の手は節くれ立ってはいたが温かく、麻子の手を優しく包んだ。それで思わず「大きな手！」

と言い、そのあと、ふと、自分がこう思ったことを。

——この手に引き寄せられ巻かれて彼の世界に引きずり込まれていったのだった……。

するると、初めて気がついた、藤田は結局三ヵ月前のあのときをもって終わりにしたのだと。

あのとき既にもう、今日の日には会うまいと決めていたのだと。

麻子はコートを羽織ると、ベルトを前できつく縛り、襟を立てた。そして室咲《むろざ》きの花鉢で飾られた階段をゆっくりと下りていきながら、この店に来るのもこれを最後にしなければならないと思った。

瀬音

一

明日はどこがいいだろう。文雄は迷っていた。鮎の友釣りに京太郎を連れていくことになっているのだが、釣り場をどこにするか決めかねているのだ。

初めは神通川《じんづうがわ》の、高山線の鉄橋下辺りを考えていた。それが、リュックサックにあれこれを詰め、道具箱を広げてハリなどを点検しているうちに、できれば宮川へ連れていってやりたいと思うようになった。

あそこなら瀬あり淵ありと変化に富んでおり、オモリを使わなくていい。それに、久し振りに竿を持つ友に、文雄は、できることなら緑濃い渓谷での釣りを楽しませてやりたかった。

ただ、気掛かりなのは京太郎の体力である。

県境の宮川は、車を降りたら釣り場まで、崖を十数メートルは下らなければならない。漁協の人たちによって一応草を刈り、枝を払って足元は踏み固められているというものの、どちらかというとまっすぐに下りている道である。傾斜がきつい。そこを下り、また登る脚力が、今の京太郎にあるのかどうか。

釣り場に着いてからのことも心配しないわけではなかった。宮川は流れが速いし、深場《ふかば》も多い。岸寄りの岩の上でも十分釣れるのだが、もし過《あやま》って足を滑らせたりしたら……。

あれやこれやを考えると、思いはまた無難《ぶなん》と思える神通川のほうに戻るのであった。

文雄は、ビニールの小袋から掛けバリを畳の上に出して広げた。そして、そのハリ先を一つ一つ指の爪に立てて調べ始めた。

どんな釣りでもハリ先の鋭利さは大切だが、鮎の友釣りにおいては、それがことのほか、釣果《ちょうか》に影響する。友釣りというのは、鮎の縄張りを守ろうとする習性や闘争性を利用した釣りで、生きた鮎を囮《おとり》にして野鮎《のあゆ》を誘い、ぶつかってくるところを掛けバリで引っ掛けるものである。だから、そのハリ先は、鮎のうろこを瞬間的に切り裂き、肉深く刺さり込むものでなければならない。

しかし、吸いつきそうに鋭いハリ先のものは少なく、文雄はその一つ一つを、アルカンサスの砥石《といし》で念入りに研《と》ぎ上げていった。


京太郎は以前、文雄と同じ建設省に勤めていた。四十歳を過ぎて不動産鑑定士の資格を取り、役所を辞めてしまったが、文雄はその後も碁の相手を頼んだり一緒に釣りに出掛けたりしてきた。

京太郎が入院したのは去年の十月初旬、急に冷え込んだ朝のことだ。救急車で運ばれていき、赤十字病院に入院したということであったが、病名については肺炎だと言う人もあれば脳梗塞《のうこうそく》だと言う人もあった。

文雄は気掛かりで、一週間ほどして見舞いに行った。

京太郎の病室は、五階の個室であった。ノックをすると、ゆっくりとドアが開き、白いサロンエプロンをした女が顔をのぞかせた。逆光になってはいるが、黒目がちな目と、ほほえむと右頬にできるえくぼは京太郎の妻の環《たまき》である。

「ああ、文雄さん」

「大変でしたね」

「ええ。お忙しいところをどうも。……どうぞ」

言われて入ってみると、病室は三畳間ぐらいの広さに洗面台とトイレがついたものであった。窓からは、運河と両岸に展望塔を備えたアーチ型の橋のある風景が見える。

京太郎は、点滴注射を受けながら眠っていた。

環がそばに来て声をひそめて言った。

「昨日の夕方から熱が出て、今ようやく眠ったところです」

「そう。だけど、分からないもんだね。入院する三日前には一緒にサヨリを釣りに行ってたというのに」

「ええ。あの日は帰ってきても上機嫌だったんですよ」

「それが救急車で運ばれるとはね。どんな状態になったわけ？」

「どんなとおっしゃると。……ああ、入院した朝のことですか」

「そう」

「あの朝は……あのう、もしお時間がおありでしたら、向こうでコーヒーでも」

そこで話しては患者を起こすと思ったか、そしてそうした話は患者に聞かせたくないということか、環は病室を出てティールームへ文雄を案内した。

ティールームは、東の窓からは立山連峰が、北の窓からは文雄の病室から見えたのと同じ運河のある風景が見えた。

薄く靄《もや》のかかる立山連峰を望む場所に席を取り、自動販売機で買ってきたコーヒーを文雄に勧めて、環は言った。

「あの朝は、立山に初雪が降った日で、随分気温が下がってました。台所にいると、居間のほうから呼んでるような声がしたんです。で、行ってみると、あの人、布団の上で四《よ》つん這《ば》いになっていて、まるで氷の上にでもいるみたいに足掻いてるんです。どうしたんですかって聞くと、一人じゃ立てないから手を貸してくれって。それで、言われたとおりに後ろから手を回して立たせようとしたんですけど、男の人ってけっこう重いんですよね、とてもわたしの力ではかなわなくて。それで、仕方なく一一九番に」

「電話したというわけか」

「そうなんです。ところが、どうしたんでしょう、救急車が来たときには嘘みたいに一人で起き上がってて。主治医の先生は、脳血栓《のうけっせん》で、それが運良く外れて血流が回復したんだろうとおっしゃるんですけど。何にしても、太い血管じゃなくて細い血管だったんで大事に至らなかったということのようです」

「そう。だけど、脳血栓なんて、年齢的に少し早いんじゃないの」

「ええ、わたしもそう思ったんで聞いてみたんですよ。そうしたら、先生のおっしゃるには、そうでもないんですって。高血圧を持ってたりすると、四十代の後半でも起こるんだそうです」

「ああ。そう。京《きょう》さん、血圧が高かったんだ」

「そうなんですよ。だけど、本人は全く気にしてなくて。むしろ血圧が高いほうが調子がいいとか何とかと言って。ですから、もちろん医者にもかかろうとしませんでしたし」

「ばかだな。……で、遙《はるか》ちゃんは？」

「黒部の実家に預けました。しばらくは見てもらうことになると思います」

「そう。たしか、まだ二歳だった？」

「いえ。ついこの間三歳になりました」

「三歳か。……小さいのに大変だな」

「……仕方がありません」

睡眠不足のせいだろうか、環の顔はファンデーションが浮き上がり、目の下は心なし黒ずんでいた。

十五分ばかりも話していただろうか、病室に戻ってみると、京太郎は相変わらず額に汗して眠っていた。痰でも絡んでいるのか、のどをごろごろ鳴らしている。

文雄はベッドの手すりに手を置いて京太郎に目で語りかけた。

(もしかしたら、一緒にサヨリ釣りに行った、あのときの風がよくなかったかな。そうだとすると、誘ったおれにも幾分かの責任があるんだが……)

しかし、京太郎は目を閉じたままで、かすかに瞼をひくつかせただけであった。

心配しながら帰ってきたのだが、その後幸いなことに京太郎は熱も下がり、リハビリで機能回復を図って年暮れには退院したのだった。


文雄が京太郎に友釣りに連れていくと約束したのは、一ヵ月前の七月初旬のことだった。

たまには宮川の香り高い鮎を食べさせてやりたいと思い、その日の釣果の中から二十センチ前後のものを十尾《び》ばかり持っていくと、

「どこの鮎だい」

縁側でロッキングチェアに腰掛けて、上半身だけこちらへひねった京太郎が聞いた。

「宮川の鮎ですって。さっきそう言いましたでしょう」

環が、座敷のテーブルに座っている文雄にコーヒーを勧めながら言った。少しばかりきつい言い方をしたのは、後ろに遙がうるさくまつわりついていたからだろうか。

家内はいいが、おれのほうは五十を過ぎてるからね、お孫さんですかなんて言われそうで。だけど、なんだね、かわいいもんだね。そう言って照れ笑いを見せながら京太郎はよく、遙を連れて遊びに来ていた。

「宮川か。いいねえ」

京太郎が言った。

「で、釣れたかね」

「うーん。まあまあかな」

「そうか。でも、釣れなくてもいいんだよな。川の音さえ聞こえておれば」

「まあ、そうだ」

何気なく応えたが、そのあとで文雄は少しばかり胸の辺りが痛くなった。川に寄せる京太郎の思いがよく分かるからだ。

つなぐ言葉が見つからなくて黙ってコーヒーを飲んでいると、環がぽそっと報告するように言った。

「とにかく、釣りと聞くと目の色が変わるんですよ。特に鮎釣りとなるとそうなんですけど。だから、テレビなんかで鮎の稚魚《ちぎょ》が放流されたとか鮎漁が解禁になったとかと報道されるでしょう。そうすると、テレビの前へ行って、それこそもう、目を釘付けにされたみたいに……」

環は、病院で見た目の下の隈《くま》も消えて、清々しく艶《つや》やかだった。明るい黄色地のワンピースの、大きく繰り開けた襟元や蝶の羽のようにひらひらする袖口からは、小太りの女盛りの白い体がのぞいている。

文雄は環から目を京太郎に移した。

京太郎のほうは、入院中に十キロも痩《や》せたということで、髪も白くなり、環の父親とも見られかねない老《ふ》けようである。

文雄は環に尋ねてみた。

「どう。今も歩くときにはやっぱり杖を使わないとだめなわけ」

「いいえ、杖はもう大分前から使わなくてよくなりました」

「そう。……だったら、川へも行けるんじゃないかな」

「さあ、それはどうでしょう。足腰が大分弱ってますし」

「そうか。そうすると、今年はやっぱり無理かな」

「ええ。本人はどうも行きたいみたいですけど」

特別京太郎に聞かせる話でもなく、小さい声で話していると、京太郎が突然、怒ったように言った。

「そこでこそこそと何を話してるんだ」

そして、文雄が唖然としてそちらに目を向けると、今度は素知らぬ顔でさらりと言った。

「全然、誘ってもくれないくせに」

「誘ってくれないって、どこに？」

「いや、川にさ」

「川？　友釣りか？」

「そうさ。もちろん、そうに決まってるじゃないか。なあ、頼むよ、連れてってくれよ」

やんちゃで、しかも威圧的で、それで文雄はつい応えてしまったのだ。

「分かったよ。じゃ、そうだな、今度の土日も次の土日も用事があって無理だから、行くとすれば来月に入ってからになると思うけど」

「いいよ。それでいい。いや、むしろ、そのほうがいい。その間に今よりはまた体力がつくだろうし」


あのとき、環とは「今年は無理かな」と話していたにもかかわらず、数分後どうして連れていくと約束したのだろうと文雄は考える。

京太郎から威圧的に頼まれたからだろうか。

そのとおりだが、それだけではないと文雄は思っている。

環が、ためらいながらも、あの黒い目で、京太郎の頼みを聞いてやってほしそうに文雄を見ていたからだ。

研ぎ上げたハリをハリスに巻き、油を染《し》み込ませた布でハリ先を拭き、そんなふうにして仕上がった仕掛けを黄ばんだ週刊誌のページに一本一本はさみ込んでいきながら、文雄は、今では遠い日の環や京太郎とのことを思うのだった。

環は、京太郎と結婚する前はやはり建設省に勤めていた。そして、文雄と交際していた。ところが、文雄が立山砂防工事事務所の水谷出張所に転勤し、二年後富山工事事務所に帰ってみると、京太郎との間で結納まで交わしていた。

文雄は裏切られた気がして、二人を恨んだ。しかし、間もなく、京太郎が相手ではどうしようもないと思い直した。同期だが、京太郎のほうが見てくれはいいし、それに優秀だと思ったからだ。

ただ、環とは一度話をしなければならないと思った。

環の家の近くの公園に呼び出すと、環は長い睫毛を上げて抗議するように言った。

「文雄さんて、女心が全然分かっていないのよ」

あとから聞いた話では、京太郎は、喫茶店で会ったその夜にもうペン習字の手本のような文字で手紙を書く熱心さで環を口説《くど》き落としたようであった。文雄は文字には自信がなく、一週間に一度程度電話をするのと、二週間か三週間に一度、家に帰ったときに喫茶店で会っていた程度であった。

文雄は他人からお人好しだと言われることがある。ばかだと言われている気がして苦笑いすると、「裏切られても怒らないし、損な役回りと分かっても引き受けるから」と言う。

裏切られても怒らないとは、環や京太郎とのことだろう。

環との付き合いは事務所じゅうに知られていた。当然、結婚するものと思われていた。それなのに環のほうで心変わりしたのだから、怒って口も利かないくらいであってもいいと思うのに、環とも京太郎とも友達として付き合っている。そのへんを、はがゆがって言っているようであった。

けれども、文雄は怒れない。怒らないのではなく、怒れないのだ。怒れるほどの、自分は、人間だろうか。

損な役回りとは、みんながやりたがらない職員組合の役員を引き受けたり、転勤の話に軽く応じていることだろう。

水谷出張所への転勤は、初め、ほかの職員に話が行った。が、その人間も、次に声をかけられた人間も、あれこれ理由を挙げて首を縦に振らなかった。結局、以前同じように誰も応じなかったときに黙って行ってくれたということで文雄に話が回ってきた。

しかし、文雄は別に、損な役回りを引き受けたとは思わない。いきさつは分かっていたが、それはそれ、そう流れろということだから流れればよいと、そんなふうに思って承諾しただけだ。

万事にそんな具合だから、文雄はいまだに係長だ。それでも、文雄はそれでよいと思っている。課長や部長になれば、人を管理しなければならない。管理の中には評価も入っている。自分はそんな、人を評価できるほどの人間だろうか。文雄は自分を、案外母親に似ているのではないかと思う。母は、姑からいびられ夫から暴力を振るわれても、歯向かいもせず、逃げ出すこともしなかった。亀のように首をすくめて、ただ時の流れるのを待っていた。

二

京太郎と約束した朝は、薄曇りの空であった。

車で迎えに行くと、京太郎はすでに靴を履いて玄関の上がり框に座っていた。そして、当然のことのように車の助手席に乗り込み、車が走り出してからは、ひっきりなしに座席から体を浮かせて、「あれっ、ここにこんな建物が前からあったかな」とか、「これは何の工事だろう。ああ、道路を拡張してるのか」

などと独り言を言っていたが、熊野川を渡り、さほど大きな建物も見られなくなると、飽きたのか、座席に体を沈めてしまった。

文雄はハンドルを握りながら、京太郎が興味を示しそうな話題を探した。

「先々週か、泊まりがけで長良川《ながらがわ》の郡上《ぐじょう》へ行ってきたよ」

「そうか。で、釣れたかね」

「いや、あいにくの雨風でね、釣果のほうはさっぱりだった。代わりにというか、風邪を引いてしまって……」

その風邪がいまだに治らないんだというように文雄は鼻をすすってみせる。

「しかし、あそこへ行くと断然、郡上竿だね」

「ああ、郡上竿ね」

「そう。どっちかというと硬調子《こうちょうし》の竹竿だが、その竿にあそこの連中は〇・三号か〇・四号くらいの細い道糸を付けて、オモリは付けず、釣れた鮎はほとんど引き抜きだ。もっともあそこはそうしなきゃならないような釣り場ではあるんだけど」

「……郡上か。いいね。一度は行ってみたいね」

そうか、じゃ、次は郡上に行こうか。と言いそうになって文雄は慌てて口をつぐんだ。郡上となると距離があり一泊はしなければならない。日帰りでさえ無事に帰れるかと心配なのに軽はずみに約束などできないと気がついたのだ。

猪谷《いのたに》から国道三六〇号線に入り、文雄は車のスピードを落とした。

谷に沿って走る道だから仕方がないのだろうが、車のすれ違いもできない狭さで、くねくねと曲がっている。しかも、路面が必ずしも平板でないうえに山側から木の枝が車高すれすれまで垂れ下がっていたりする。

「それにしても、そんな悪条件の中でひっきりなしに掛ける人間がいるのにはびっくりしたね」

「ほう。年寄りか」

「いや、そうでもなかったね。四十代、……多分四十代だろう」

「そんな若さで」

「ああ。で、見てたんだが、やっぱり囮《おとり》の泳がせ方が違うね」

「どんなふうに」

「そうだね。優しくって、何というか、ほとんど何もしてないような感じで」

「……………」

「飽《あ》くまで自力で泳ぐ状態に持っていってるんだろうね」

「……………」

「それと、もう一つは、粘りが違う。流れの一つ一つを丹念に攻めて、ここだと思ったら三十分でもそこに粘ってた」

「……………」

気がつくと、文雄は調子に乗って話し、京太郎は相槌《あいづち》も打たなくなっていた。

「どう。気分でも悪い？」

文雄は尋ねた。

「……いや」

「そうか。……じゃ、もうすぐそこだから、このまま走るけど、具合が悪くなったら、いつでもいいから言ってくれ」

車を駐車したのは、やはり同じ友釣りに京太郎と婚約する前の環を連れてきたときにも使った広場であった。そこから川原へ下りるのが最も傾斜が緩《ゆる》く、今の京太郎にはよいだろうと思ったからだ。

トランクを開けると、京太郎はさっそくと身支度をし、環が作った弁当と雨具などが入ったナップサックを背にした。

文雄もリュックサックを背負い、囮缶《おとりかん》を手に持った。そして、さっそくと坂を下り始めた。先を歩くことにしたのは、京太郎のためにできるだけ緩やかで安全な道を探そうと思ったからだ。

時々振り返ると、京太郎は思ったよりしっかりした足取りで文雄のあとについていきていた。

「病院の車で送迎してくれるから何となく通院しているが、あんなリハビリなら、やってもやらなくても一緒かもしれない」

京太郎自身そう言っているところからしても、体力はかなりついてきているのかもしれない。

朝露に濡れながらゆっくりと下りていくと、夏草の匂いが鼻を突いた。ほのぼのと薄紅色の花をつける合歓《ねむ》の枝の下をくぐり、薄紫色の素朴な山あじさいの花や真っ赤に熟した草苺《くさいちご》の実に触れながらさらに下りて行くと、やがて瀬音が聞こえ、白く泡立つ宮川が見え始めた。

ああ、この音だ、この流れだ、と文雄は思った。今日また、この音とこの流れの中に心身を浸して一日を過ごすのだ。

三年前に妻に先立たれてからというもの、文雄は、特に行事でもない限り、休日のほとんどを川で過ごすようになった。

瀬音を聞き、ぶつかり、じゃれ合いながら走り去っていく流れを見ていると、鬱積していたものは流れ出していき、心が柔らかくなる。

後ろで、木の枝の折れるような音がした。同時に小石がバラバラと降ってきた。

振り向くと、京太郎が足を滑らせて地面にしりもちをついていた。そのまま手を空中に泳がせてずるずる滑り落ちてくる。

文雄は、咄嗟《とっさ》にそばに生えていた木の幹をつかんだ。そして、京太郎の体に押し流されそうになりながら、さらに滑り落ちていこうとする京太郎の体を夢中で止めた。

「ごめん」

京太郎は、立ち上がると文雄に言った。

「いや。……それよりけがはなかったかい」

「……うん」

「そうか。多分、朝方雨が降ったんだろうな。滑りやすいから気をつけないと」

優しく言ったが、内心では、この調子で果たしてこの坂を登れるだろうかと、早くも帰りのことが心配になった。

川原に下りると宮川は、思ったより水位が高く、ささ濁りであった。それでも、石アカ(珪藻類《けいそうるい》)のつき具合はよく、それを食《は》む鮎のハミ跡も新しい。

文雄は、水通しがよく流れの強くないところへ囮缶を沈めた。そして、すでに釣り支度をした。京太郎も黙々と準備をする。

けれども、仕掛けを付ける京太郎の動作は緩慢であった。指先が震えて、うまく結べないのだ。囮の鮎を付けるにも暇取っていた。玉網の中で鼻環《はなかん》を通そうとするのだが、手に麻痺があるためにすぐに逃げられるらしい。

「やろうか」

文雄は声をかけた。手間取っていては、元気だった囮も流れに出さない前に疲れてしまう。

しかし、京太郎はなかなか譲ろうとしなかった。

「とびっきり元気なのを選んできたからね。……ちょっと貸して」

文雄は、京太郎の手から強引に道糸を取った。そして、京太郎の前で身を屈めると、玉網の中に左手を入れ、大きくえらで呼吸している鮎に向かってささやきかけた。

(なにもそう驚くことはないじゃないか。おまえの川に戻してやるというのに。な、そうだろ

う。故郷の匂いだろう）

それから、十分に冷やした左手で軽く抱くように囮を持ち、囮が静かになったところで目を押さえて素早く鼻環を通した。そして、少し休ませた後、再び目を押さえて囮を玉網の外に出し、指の上に横たえるようにしてしりびれの際《きわ》へ逆《ぎゃく》バリを打った。

道糸を持って足もとで泳がせてみると、囮は元気で、一気に流心《りゅうしん》に向かって走る気配である。そこで、文雄は京太郎を振り返り、囮を流れに送り込むよう促した。

京太郎は、眉間にしわを寄せた不機嫌な顔で、物も言わず、ゆっくりと竿を立てていった。

京太郎は思いのほかうまく平瀬《ひらせ》に囮を送り込んだ。川の流れを前にして徐々に感覚を取り戻しているのかもしれない。

文雄は安堵して、対岸のほうへ目を投げた。

山は、今にもなだれてきそうな厚い緑に覆われていた。その緑の上に、稜線で縁取られた細長い青空が続いている。ひぐらしが鳴いていた。乾いた、物悲しい音である。

文雄は、自分の竿にも囮を付けた。そして、それを流れに放ち、

（大きいやつを連れて帰ってきてくれよ）

口の中でそう声をかけて、京太郎の囮より下流へ送り込んだ。

しかし、最初の一尾をなかなか掛けることができなかった。どうしても京太郎のほうへ気持

ちが行って、自分の釣りに集中できないのだ。昔、環を連れてきたときの環の、囮を操作する神妙な顔や釣れて戸惑っていた姿も瞼にちらちらした。

それでも、三十分ばかりして、瀬ワキで、やや小型の鮎を掛けた。それを囮として流心の大石の前面へ入れると、今度はいきなりククーッと強いアタリがきた。はっとして竿先を上げたが、ぐいぐい引かれて竿先が大きく弧を描く。

素早く体を川下へ移動し、ゆっくりと引き寄せて玉網に取り込んでみると、背《せ》掛《が》かりの見事な鮎であった。胸の金星が鮮やかに浮き出て、揚羽蝶のような背びれの、ことにその漆黒がすばらしい。

いい鮎だ。そうだ。これを京太郎の竿に付けてやろう。そう思って川上を見ると、京太郎は岩の上で右往左往していた。竿先を上流へ突き上げたり下流へ持っていったりしているところをみると、底石にハリを引っ掛けたらしい。

「ちょっと待った。今外すから」

文雄は、自分の竿を寝かせて流れの中に入っていった。太股に腰にじわじわと水が染み通ってくる。石アカで滑らないように、浮き石を踏まないように注意を払いながら川の中ほどまで進み、胸までくる水の中で、石に引っ掛かって動きの取れなくなっていた囮鮎を解放すると、文雄は言った。

「囮を替えようか」

しかし、京太郎は何の返事もしてこなかった。

それでも、文雄は道糸を持って囮鮎を引き寄せた。

案の定、囮鮎は弱っていた。石の間の緩い流れに置くと、体を横にしてほとんど泳ごうとしない。底掛かりのときになったものか、背びれには血が滲んでいる。

文雄は京太郎に言ってみた。

「少し休もうか」

が、京太郎はくぐもった声で言った。

「いいよ」

そして、文雄が掛けバリの先端を砥石で研いで、釣ったばかりの背掛かりの鮎を囮として付けてやっても、怒ったような顔をして、再び水が巻いている大石の上手《かみて》へ囮鮎を送り込んだ。

文雄は、水を含んで重くなったベストとシャツを脱いで川原に広げた。そして、石の上にどっかと腰を下ろした。一度に疲れが出た思いだった。寒い。

七月の初めに京太郎の家を訪ねて釣りに連れていくと約束した、その直後の悔いが思い出された。

文雄が煙草をくわえて火もつけぬまま、山の上にぽっかり浮かぶ白い雲に目をやったときであった。

目の端に見えていた京太郎の影が急に深く沈んだ。はっとしてそのほうへ目をやると、京太郎の竿の先がツツーッと下流へ走っている。

文雄は思わず立ち上がった。そして、足音を忍ばせて京太郎の後ろへ駆け寄った。

それにしても、京太郎が掛けている鮎は、かなり大型のものと思われた。竿を弓形《ゆみなり》にし、竿尻を押さえる京太郎の腕をがたがた揺らしている。

ぐいぐいと川下へ引かれる竿先に目をやりながら、京太郎は一方でせわしなく足元に目を走らせていた。移動する足場を探しているのだ。しかし、川に張り出している岩の上の京太郎には次の足場になりそうな岩は見つからないようであった。かといって、水の中に足を入れる気にもなれないらしく、腰の玉網を抜いてすでに引き抜きの構えである。

(そんな無茶な！　それじゃ鮎が瀬に入りすぎている。引き抜きで行くのならあの石裏へでも持っていかなきゃ)

文雄がさらに二、三歩京太郎に近づいたとき、

「寄るな！」

足を開き腰を落として京太郎は叫んだ。

三

文雄は、玄関先に立ち、降る雪を見上げていた。外灯の光の中に降る薄汚れた色の雪である。

際限などなさそうに降る雪を見上げながら、文雄は、ほんの数分前、自分の前から逃げるように去っていった環の後ろ姿を思っていた。そして、遠い地にある京太郎に思いを馳《は》せた。

京太郎が再入院したのは、一年ぶりに不動産鑑定事務所を再開して仕事が軌道に乗りはじめた十一月下旬のことであった。再び脳梗塞で、今度は言語中枢がやられたという。

赤十字病院には一ヵ月いて、その後しばらく自宅から通院していたが、年が明けて一月中旬、長野県の下諏訪《しもすわ》温泉にある病院に入院した。そこは京太郎のような患者のリハビリを専門としており、医師は信州大学の付属病院から派遣されているということである。

「評判がいいので、本人も行くと言って、それで思い切って転院したんですけど、三週間たって、……そうですねえ、わたしの目ではあんまりよくもなってないような。むしろ、滑舌《かつぜつ》のほうは一層悪くなったような」

首を傾げて環は心細そうに言った。

家を掃除して風を入れることと、実家に預けてある遙に会うために二週間ぶりに富山に帰ってきたのだという。

「そこじゃ寒いでしょう、中に入ったら」

文雄は玄関の中へ入るようにと勧めたが、

「いえ、ここで大丈夫です。それに、そうゆっくりもできませんので」

環はかたくなに入ろうとせず、最後まで玄関先に立ったままであった。

「京太郎にとって宮川行きはよっぽど楽しかったみたいです。ですから、下諏訪にも、友釣りのハウツー本だとか月刊の釣り雑誌『つり人』ですか、ああいったものを数冊持っていってて、暇さえあればそれを眺めて。それで、あれは多分、釣れたときのことでも思い出しているんでしょうね、時々、独り、ほくそえんでいたりして」

文雄の前ではそうしなければならないかのように環は京太郎の様子をあれこれと報告した。

冷気のせいか弱い灯下だからか、環の肌の青白いのが文雄には気になった。

「そう。……だけど、そんな状態だと、今度は少し長期戦になるんじゃないの」

「ええ。多分、そう短い時間でというわけにはいかないと思います」

「で、環さんもずっと向こうのほうに？」

「はい。やっぱり話しかける人間がそばにいたほうが回復も早いんじゃないかと思いますし」

「そうですか。あんまり無理をしないように」

「ありがとうございます。大丈夫です。もうこうなれば京太郎のベッドのそばを住みかと思い、そこで編み物をしたり読書をするしかないと頭を切り替えましたから。ですから、私自身はいいんですが、ただ京太郎が……」

「京さんが？」

「ええ。気が弱くなってるせいでしょうか、変なことを言うので困ります」

「変なこと。……どんなことを？」

「どんなことって……」

環は一瞬言いよどみ、やがて虚《うつ》ろな目を文雄のほうへ投げて言った。

「例えば、今日でもわたしが出掛ける用意をしていると、文雄に会って何ならこれっきり帰ってこなくてもいいぞとか。あいつならおまえを大事にしてくれるとか。……すみません、おかしなことをお耳に入れて。本当は、言うまいと思ってたんですよ。それなのに……。いえね、京太郎、初めは自分のほうから文雄さんのところへ寄ってきてほしいと言ってたんですよ。挨拶もせずに下諏訪へ来てしまったことを詫びてきてほしいって。ところが、すぐその後でそんなふうなことを。きっと病気のせいです。そう思って、許してやってください。それから、どうか、わたしのことも……」

ぺこんと頭を下げて、つい今し方、環はここを走り去っていったのだが……。

寒い中でなにも羽織らずに立っていたからだろうか、文雄は腰に痛みを覚えた。

家に入り、ストーブの前に腰をあぶるような格好で座っていると、宮川へ行った帰り道、車の中で京太郎が言った言葉が思い出された。

「おれ、別れようかと思ってる」

「別れるって、だれと?」

「だれとって、そんなこと、決まってるじゃないか」

「決まってる?　……そんなばかな。何を言ってるんだ」

突き返すように文雄は言った。

「今環さんと別れたりしたら、だれがおまえの世話をするんだよ。それに、大体環さんがうんと言わないだろう」

朝夕二回、杖を突いて散歩をする京太郎に寄り添うようにして歩く環の後ろ姿を文雄は思った。

「環さん、あんなによくやってくれてるじゃないか」

「よくやってる？　そんなの、表面だけさ。本当は、おれと一緒になったことを後悔してるんだ。そして、できれば別れたいと思ってる。本心がそうだから、小さなしぐさにそれが出る。……それに、おれが知らないと思って男に色目を使ったり」

最後は呻《うめ》くように京太郎は言った。

「男に色目！　……そんなことはないだろう。それは、おまえ、考えすぎだよ」

「いや、そんなことはない。おれにはようく見えるんだ」

京太郎の口調は頑としていた。

「そうかね。どうしてそんなふうに考えるようになったのか、そのへんを聞かないと何とも言えないが。しかし、男の独り暮らしというのは、哀れなもんだよ。おれを見てみろ。この風邪だって、玉子酒とはいかないまでも熱いお茶でも出してくれる者がいたら、とっくに治ってるんじゃないかと思うよ。……とにかく、今日のところは、そんな話、やめておこうよ。どうしても聞いてくれというんなら、また改めて聞くからさ」

文雄は慌ててそう言い、その場ではそれ以上の話はさせないようにしたのだが、京太郎の胸中に何があるのか、その後しばらく気掛かりであった。


文雄は、ストーブの前から、窓のほうへ目をやった。すると、窓のガラス戸に雪が吹きつけていた。吹きつけられた雪はガラスにしがみついているが、やがて力が尽きたように滑り落ちていく。

文雄は、いつだったか、環から、

「再婚なさらないの？」

と尋ねられたことを思い出した。

「再婚？　……そうだね。多分しないんじゃないかな」

と文雄は答えたが、その気持ちは今も変わらない。

再婚すれば相手の人生も背負わなければならない。そんな重荷を引き受けることなど、とてもできないと思うのだ。

文雄は窓のカーテンを閉めに立った。すると、最後に見た京太郎の姿が思い出された。

それは、文雄が赤十字病院から退院して自宅で療養していた年暮れのことだ。

メロンを持って見舞いに行くと、京太郎は七月に訪ねたときと同じようにロッキングチェアに腰掛けていた。しかし、前とは違って寡黙《かもく》である。

「今度は言語中枢がやられたらしいんです」

環が茶を淹《い》れながら低い声で言った。

「言語中枢。ということは失語症とか何とか……」

「いえ、言葉は忘れてないんです。それに、しゃべれることはしゃべれるんです。ただ、その発音がはっきりしないというか……」

「ということになると？」

「リハビリで治せるらしいんですけど、果たして完全に治るものかどうか」

「……そう」

文雄は、次の言葉を見付けることができなかった。

やり切れない思いで京太郎のほうへ目を投げたとき、黒部から帰ってきていた遙が突然、何やら叫んで居間のほうへ走っていった。そして、押入れの前で京太郎そっくりの切れ長の目で文雄のほうを見ると、環の前までゆっくりと戻ってきたが、すぐにまた、さっきと同じように居間のほうへ走り……。

どうやら遙は、そんなふうにして、自分から離れたところにある大人たちの心を自分に引き寄せ、かまってもらいたいようであった。

環が遙を捕まえて、その口許に人さし指を当てた。が、遙はかえって刺激されたようで、今度は飛行機のように手を左右に広げて走り始めた。

京太郎が立ち上がって何やら叫んだ。

はっきりとは聞き取れなかったが、

「うるさい！　環、ちゃんと見てやらんか」

そんなふうに言ったようだ。そして、そのあと、何かに噎《む》せたように咳き込み始めた。

環が慌てて手拭いを持って走り、京太郎の手にそれを持たせようとした。が、京太郎はうるさそうにそれを払いのけ、なおも苦しそうに咳き込んでいる。口からは透明で糸を引くものを垂らしながら。

「すみません。この病気、気管が細くなるらしいんです」

環が、文雄に弁解するように言って、手拭いで京太郎の膝や床を拭き始めた。

そんな二人を遙が、目を大きく見開いて見詰めている。

やがて京太郎は、ロッキングチェアから立ち上がった。そして、文雄のほうへ涙で潤む目を向け、すぐにその目を伏せると重い足取りで洗面所のほうへ歩いていった。

「病気をしてからというもの、気難しくなって。本人にしてみれば情けなくっていらいらするんでしょうけど。……疲れます」

環がつぶやくように言って、両手で遙を抱きしめた。

カーテンを閉め、こたつに足を入れて、文雄はリモコンでテレビの電源を入れた。しかし、すぐに思い直して電源を切ると、自ら書斎と称している六畳間へ行った。

文箱《ふばこ》を開け、受け取った順に積み重ねてある手紙の中から、京太郎からの封書を探して取り出す。メロンを持って見舞いに行ったあとで京太郎からきたものである。

こたつに戻り、便箋を開いてみると、麻痺の手で書いたからであろう、小刻みに震える京太郎の筆跡が目に入ってきた。

「宮川はいい思い出になった。数はたったの二匹だったが、おまえより大物だったのが痛快だ。あれを取り込んだときのことを思うと今でもぞくぞくするよ。ところで、おれは知っている。おまえがどんな気持ちでおれを宮川へ連れていったか。哀れみからだろう。しかし、おれはそんな哀れみなど毛頭かけられたくない。今に見ていろ、おれは必ず元気になる。そして、また宮川へ行き、今度は数で挑戦する」

文雄は、「寄るな！」と叫んで岩の上に踏ん張っていた京太郎の姿を思った。彼はそのあと仕方なく水の中に足を下ろしたが、石アカに滑ってか、それとも浮き石を踏んでか、何度もよろけて、結局、十分寄せないまま引き抜きで二匹の鮎を取り込んでしまった。そのために掛けた鮎は身切れしており、はらわたも見えて、囮としては使えないものであった。

川原から車道へ登るときの京太郎の姿も思った。結局、一人で崖道を登りきったのだが、疲れのためだろう、何度も足を滑らせて、車のそばに立ったときにはウエットスーツは泥だらけになっていた。

また腰が痛み始めた。どうも去年ぐらいから、冷えると痛くなるような気がする。盆地にある下諏訪温泉も冷えていることだろうと文雄は思った。

すると、また、弓形になった竿先と足もとに目をやりながら、「寄るな！」と叫んだ京太郎の姿が思い出された。京太郎の後ろには、幾重にも重なる山の緑が、その緑の間を、あるところでは淵を成し、またあるところでは岩を嚙み、ほとばしり渦巻きながら駆け下りていく宮川が見えた。

高い瀬音が聞こえてきた。

川の主《ぬし》

谷に入って道を見失うことなど、奥平和幸《おくひらかずゆき》にはかつてないことであった。しかも、この谷には過去に二度入っている。

なあに、そのうち必ず道に出るのさ。

こんなとき、あせるのがよくないことを和幸は経験上、よく知っていた。できるだけ沈着にと、繰り返し自分に言い聞かせていたが、藍子《あいこ》のほうはそうもいかないようであった。ウエーダー（胴長靴）を履いた足を重そうに引きずりながら、倒木を乗り越え熊笹に取りすがって遮二無二《しゃにむに》のぼっていく。ときどき立ち止まって和幸のほうを振り向く顔は緊張のためか青白く、目には困惑と苛立ちが暗い炎となってちらついていた。

日が傾き差し込む光が弱くなったせいか、先を行く藍子の姿が黒いウエーダーの下半身だけに見えることがあった。細い肩も輪郭がぼやけて、水色のジャンパーが靄のように揺れ動いている。

藍子は怒っているようであった、十分に知らない谷に自分を案内した和幸に対して。そして、何ら危険性など考えることもなく連れてきてほしいと頼んだ自分についても、腹を立て、後悔しているようであった。

　この日、藍子と二人で岩魚釣りに来ることになったのは、藍子が言い出し、決まったことであった。

　一週間前の日曜日、和幸は、富山市中心部の繁華街にある書店で本を探していた。新聞で紹介されていた新刊書のあれこれも立ち読みしながら店の中を巡っていると、清々しい香りが鼻先を掠めた。

　覚えのある香りに思えたので、それが流れてきたほうを見ると、藍子だった。

「いや、藍ちゃん、藍ちゃんじゃないか」

「あら、和幸さん。お久しぶり。……お元気でした？」

　返してきた低めの声も、彫りの深い顔の中からこちらを見てくる黒目がちな目も、以前の藍子と少しも変わっていない。

　それでも自分の後ろを通り過ぎ、横の書架《しょか》のほうへ歩いていこうとする気配に、和幸が慌てて、

「いや、どう？　どこかでコーヒーでも」

　と言ってみると、藍子はつと立ち止まり、

「そうね」

と言って一瞬考えているふうだったが、間もなく、

「じゃ、本当に久しぶりだし、どこか静かなところで……」

と応えてきた。

そこで、ここは一旦別れてそれぞれの用事を済ませ、二十分後に、あの喫茶店『スワン』で再び会おうかという話をして、その話のとおりにそこへ行くと、藍子は先に来ていて池の鯉を見ていた。

この店は池の上に建物が張り出すように造られていて、池には鯉が泳ぎ、白鳥が二羽飼われている。

和幸が前の席に腰を下ろして、

「いや、この店に来たの、何年ぶりだろう」

と言うと、藍子は、

「そうなの？　……そう言う私も、勉《つとむ》がいなくなったあと和幸さんと会った、あのとき以来だから……二年と六ヵ月？　……そのくらい来てないんだけど」

と笑いながら言って、そのあとすぐに和幸から目を離すと、再びその目を池のほうへ投げてしまった。

「そうか。だけど、藍ちゃん、あのころとちっとも変わらないね」

白いワンピースも、芽吹き始めた池の周囲の木々の緑によく映《は》えてなかなかいい、と思いな

がらそう言うと、

「そんなことないでしょう」

と藍子は即座に言って、そのあと慌てて周囲を見回し、

「もう年だし」

と声を潜めて言った。

「年？　年は、俺の二歳下だから、まだ三十五？」

「ええ、そう」

「だったら、そんなふうに言うの、まだ早いよ」

「そう？　じゃ、もう一花？」

と、藍子は笑いながら言って、しかし、すぐに、ばかなことを言っているとでも思ったか、前のめりになっていた背筋をすっと立てると、目も和幸から離して、今度はその目を和幸の後ろへ投げてしまった。


勉というのは藍子の夫である金井勉のことで、和幸とは、中学、高校が同じだった。家も歩いて五分ぐらいの距離しか離れていなかったから、よく一緒に遊んだものだが、そうした二人の間に和幸の母の次兄の娘である藍子が加わるようになったのは、藍子が勉の家に下宿したからだ。理由は、入学した女子高に生家から通うには電車を何度も乗り換えなければならず帰宅

時刻も遅くなるからだと和幸の母は言っていたが、下宿すると勉の家族からは本当の家族のように扱われ、藍子もしばらくは居心地がよかったらしい。というのは、勉の家は、女性は勉の母ただ一人で、あとは、勉の父と勉と勉の弟二人という家族構成だったからだ。家の中に花が咲いたようだと言って勉の父もかわいがり、勉も妹のように思っていたようだが、勉が高校を卒業して父親が経営していた会社に勤め始めると、どこからか、こんな噂が流れてきたという。

――金井の家では、藍子というあの娘を長男勉の嫁にするらしい……。

勉としてはまんざらでもなかったらしいのだが、勉の母は不快感をあらわにした。自分には掛けてくれなくなった優しい言葉を夫や息子たちから掛けられている藍子に対する嫉妬心もあったのかもしれない。

結局、藍子も居づらくなって、高校を卒業し社会保険事務所に勤めることに話が決まると、勉の家を出てアパートに移り住んだ。

勉と藍子が結婚したのは、それから五年ほどしてからだ。勉の話では、彼がプロポーズして藍子も同意したということだが、そのころになると勉の母も態度を軟化させていて、気心も知れているし、いいのではないかと結婚にも賛成したという。それで、その後は幸せな結婚生活を送っているように和幸の目には見えていたのだが、結婚後十年が過ぎた三年前の年の暮れ、経理をやっていた勉が売上金を集金に行くと言って家を出て、そのまま行方不明になった。翌日からは女事務員も無断欠勤して連絡もつかなくなったことから、もしかしたら二人示し合わせて逃避行したのではないかと随分、騒がれたようであった。

和幸が藍子と『スワン』で会ったのは、それから三ヵ月ぐらいしてからである。藍子はどうしているだろうと気になってはいたのだが、まだ落ち着けていないかもしれないと思い、それまで待っていたのである。

思い切って藍子の職場に電話をし会ってみると、藍子は、想っていたほどにはしょげていなかった。けれども、始終池のほうばかりを見て、

「病気の鯉がたくさんいる。ほら、あの鯉もそう。あれもそう」と、まるで幼児が発見したものを親に伝えるかのように言って、和幸が話を勉のことに振ると、膝の上へ目を落とし泣きだしてしまった。


あのときは随分、俺も困ってしまい、結局は泣き止むのを黙って待つよりなかったのだが、あれからもう三年近くにもなるのか。

そう思いながら藍子を見ると、藍子はあいかわらず池の鯉を見ていた。鯉が床下に潜ると、それを目で追って首を伸ばす。

その首が以前より細くなったような気がしたので、

「疲れてるんじゃないの?」

と和幸がたずねると、

「そう見える？　……うん、そうね、いささか疲れてきたかもしれない」

藍子は薄く笑った。

「そうか。……で、どうなんだ？　勉からはやっぱり何の連絡もないわけ？」

また泣かれても困るんだけどと思いながら、それでも思い切ってたずねてみると、

「そう。何も……」

と藍子は言って、今度は虚ろな目を和幸に向けてきた。

「そうか。……で、金井のおやじさんは？　元気なのか？」

「ううん。元気じゃない。……まあ、一応、お客さんの前では平気な顔をしてるけど、内心はあれこれ考え、悩んでるんじゃないかしら。だって、あとを継いでくれると思ってた息子が行方知れずだし、それに最近は、お客も減ってるらしいから」

「そうか。いや、いつだったか、車の中からちょっと見掛けたんだが、杖をついておられるのに足取りがおぼつかなくて心配になったから。……そう。じゃ、勉のおふくろさんは？」

「お義母《かあ》さんは勉が行方不明になったあと一年ほどして老健施設に入られて、今では勉のことを話しても、よくわからないみたい」

「そうか。で、お義姉《ねえ》さんは？」

「義姉さんは去年の暮れ、手術をされて」

「手術？　何の？」

「乳癌の。で、片方を全部取ったんだけど、最近、今度は残ってるほうにも凝《しこ》りを覚えるようになったとか」

「そうか。大変なんだな。……で、どうするんだ？」

「えっ。どうするって？」

「だから、そのう、ずっとあの家にいるつもりなのかということさ」

「さあ、どうしよう。……どうしたらいいと思う？」

こちらが聞いているのに、それをそのまま返してきた藍子の、今にも泣きだしそうな顔を見ていると、和幸は何に対してか、腹が立ってきた。

「今も行ってる？　岩魚釣りに」

いきなり藍子が聞いてきた。二人の間の重苦しい空気を、話題を変えることで払いのけたいと思ったのかもしれない。

「ああ、行ってる。性懲《しょうこ》りもなく」

「そう。……で、川は？　どこの川？」

「えっ。いや、それは、急に聞かれても……。ああ、そうだ、先週は八尾《やつお》の奥へ行ったんだった」

「……で、釣れた？」

「いや。こんな小さいのが、たったの五匹」

和幸が親指と人さし指でサイズを表現しながら答えると、

「そう。昔、一度だけ連れていってもらったよね」

藍子はそう言って、当時に思いを馳《は》せるかのように遠くを見た。

「ああ、そんなことがあったな。あのときは勉も一緒だった」

「そう。で、最初に釣ったのが私で」

「そうだったか？」

「そうよ。で、一番大きいのを釣ったのが勉だった」

懐かしそうに藍子は言い、それから身を乗り出して言ったのだ。

「ねえ、もう一度連れてってって」

「えっ、岩魚釣りに？」

「そう。……迷惑？」

「いや、別に迷惑ということはないが……」

「だったら連れてってよ。思いっきり気晴らしがしたいの」

まるで子供が親にせがむかのように言って、それで決まった話なのであった。

藍子が言った、昔、連れていってもらったという岩魚釣りは、藍子が勉の家を出て二年ほどしてからのことだ。

藍子がアパートに移り住んでからも、和幸は勉や藍子と時々、会っていた。『スワン』で待ち合わせて、映画を観たりドライブをしたりしていたのだが、そんなある日、勉と岩魚釣りに行く話をしていると、藍子が「私も連れてって」と言った。平地の川で釣る鮎釣りならまだしも、沢を渡り崖をよじ登る岩魚釣りは、藍子にはちょっと無理ではないかと和幸は思ったが、一方では何とかして連れていってやりたいとも思った。そこで比較的歩きやすい谷を選んで三人で出掛けたのだが、藍子が最初に釣果を上げたというのは、そのときのことである。

藍子は、一週間前に『スワン』で約束したとおりに、郊外にある開店前のスーパーの駐車場で待っていた。

紺地に白い蝶が飛ぶ柄物《がらもの》のワンピースに白のブレザーという、およそ釣りとは程遠い服装だったが、拾って助手席に乗せると、藍子は言った。

「ごめんなさい、こんな服装で来てしまって。でも、心配しないで。別に用意はしてきてるから」

下げていた紙袋からスニーカーとトレーニングズボンを取り出し、それを見せながら、いたずらっぽく笑った。

「こんな時間になって、釣果は期待できないんじゃないの？」

「いや。そうでもないさ」

「そう？　だけど、職場の友達と映画を見てくると言っていたのに、あんまり早く家を出るわけにもいかないし、それに、出るとなると、ある程度お昼の用意もしてこなければならないから」

「……」

「それで、悪いんだけど、帰りもあまり遅くはなれないのよ」

「なんだ、そうなのか？」

「そう。明日の朝食べるものを買ったりしなければならないの」

「そんな、買い物ぐらい義姉さんにやってもらえばいいじゃないか」

「それがね、そうもいかないのよ。手術をしたあと手が思うように上がらないらしくて。それに、外に出て人に会うのもいやみたい」

和幸は黙ってカーステレオを入れた。パンフルートという木管楽器による演奏で、曲はアンデス民謡の『コンドルは飛んでいく』である。それを藍子と一緒に聴いて、青く澄んだ広い空と、そこをゆったりと飛ぶコンドルの姿を思い描きたいと思っていたのだが、目の前に広がったのは、白いシーツと、その上に妻の琴代《ことよ》が撒《ま》いたケチャップの赤い色であった。

藍子を連れて行くとすればやはり、叔父や勉と一緒に行ったあの谷だろう。そして、駐車するのもやはりあの橋辺りだろうと見当をつけていた橋に着いたのは、太陽も高く昇った九時半過ぎであった。

橋の手前にある駐車スペースに車を停めて身支度をしていると、鶯《うぐいす》が鳴いた。できるだけ音を控えるようにして耳を澄ましていると、やや間を置いて聞こえてきた次の一声は、これから下りて行こうとしていた谷の底からだった。見下ろすと、山襞《やまひだ》の深く入り込んだところや木々の根元に、薄汚れてはいるが雪が消え残っている。

「ねえ、ちょっと、見て！　靴の中で足がぐるぐる回ってる」

車の向こう側に回って身支度をしていた藍子が、上擦った声で話しながら和幸がいるほうへ出てきた。見ると、和幸が貸した腰までのウエーダーを履いて、それを揺すりながらこちらへ歩いてくる。くっくっと、和幸は笑った。それからすぐに、こう思った。自分の足は標準以上に大きい。そのウエーダーだから藍子が履けば、当然そうなるだろうと。くっくっと和幸はまたしても笑っていた。今度は藍子が腰に手を置いてチャップリンのように歩いてみせたからだ。笑った後で、このように笑うのは何日ぶりだろう、と思った。琴代との間では、この最近、笑うどころか、話すことすらしていない。話しかけても不機嫌な声が返ってくるだけだと思うから、自分からは声をかけないのだ。

支度ができると、すぐに道沿いの草田へと下りていった。植林を見回るために、あるいは山田へ入るために、村人が付けた道がどこかその辺にあるはずであった。けれども、和幸は大抵、そんなふうに一直線に谷へと下りていく。草田を抜け、灌木《かんぼく》を右に左に振り分けて下り始めて、和幸はふと気がついた。藍子には少し無理だったかもしれないと。

しかし藍子はしっかりと、四、五メートル後ろをついてきていた。足取りも、特に問題はな

さそうである。それでも和幸が「大丈夫か？」と声を掛けると、藍子は、

「大丈夫。これでも結婚するまでは職場のワンゲル部員だったんだから」

と、呼吸はいくらか乱れているようであったが、弾んだ声を返してきた。

谷へ下りると、そこはもう格好の釣り場であった。どちらかというと幅の広い瀬で流れも緩やかなのだが、その流れから頭を出した石、出さない石がごろごろと転がっており、そうした石の周囲には岩魚が潜んでいそうな落ち込みや淵が備わっていた。

和幸はリュックを下ろすと、川虫を捕る網を持って浅瀬に入った。石を裏返し、出てきた川虫をその網で捕らえ、それを餌箱《えさ》に入れる。それから、岸へ戻ると、あらかじめ作っておいた仕掛けを竿先に結んで、そのハリに、捕ったばかりの川虫を付けた。

餌箱から出されるとき和幸の指先から逃れようとしてもがき、尾から腹にハリを刺されると観念したように動かなくなった川虫を、藍子は小さく叫びながら、それでも目を背けずに見ていた。

日曜日だというのに、先に入っている釣り人はいないようであった。

和幸は藍子に見渡せる範囲で岩魚が潜んでいそうなポイントを教え、餌の投入点とその流し方も教えた。それから、その手に竿を持たせると、自分は後ろへ下がった。

藍子は神妙な面持ちで、教えた通りに、落ち込みの袖《そで》へ餌を落とした。それから、自然に流されてきたかのようにその餌をゆっくりと流し始めた。

よし。それでいい。岩魚は多分、その辺りにいるはずだから、それを誘い出すように流せばいいんだ。

藍子に、というよりも自分に言い聞かせるように和幸は口の中で言って、それからリュックのところへ戻ると、今度は自分の竿に仕掛けを付けた。ただし、藍子に付けた、道糸《みちいと》とハリスをハリス止めでつなぐ標準的な仕掛けとは違い、道糸はハリまで〇・六号の糸を通しで作る「通し仕掛け」という仕掛けにして。理由はハリス止めを使うと、岩魚との対話がハリス止めの部分で断《た》たれてしまい、岩魚との距離が遠くなる気がするからだった。次に、その糸の先にカエシのない鮎の掛けバリ「狐型」の九号を付けた。掛かった岩魚が小さい場合、水に戻してやるのだが、そのためにもできるだけ岩魚を傷めたくなかったのだ。オモリは、最小のカミツブシを付けた。オモリを付けないで餌を自然に動かして釣るフカセ釣りに近い釣り方で、道糸のフケ（たるみ）と目印の動きで釣るほうが自分の性に合っているからだった。

ハリに川虫を付け、藍子から四、五メートル下流の瀬尻へ竿を下ろした。

静かだった。鳥の声すらも聞こえず、雪解水を運ぶ川だけが、若緑色に芽吹いた木々の間を何やら呟きながら、ひたすら流れていた。

粘っていても釣果がなく、自分の竿にもアタリ(岩魚がハリの餌に触れるときに覚える感触)がなかったので、百メートルほど上流へ移動し、今度はそこで釣ることにした。

「あの落ち込みだとか、その下流の白泡が立つところ、あの辺りに竿を下ろして、自然に流されているように餌を流せばいい」

そんなふうに藍子に教えて、それから少し下流に移動したところで竿を下ろしていると、和幸は、自分がどこかから見られているような気がしてきた。

誰だろう？　多分、岩魚だ。彼らは、いつもそんなふうに渕や瀞《とろ》などに身を潜めて、そこからこちらを窺っているんだから。

そう思ったが、それでもなぜか落ち着かない。ちょっとそれとは違うような気がしたのだ。岩魚じゃない、ということは、じゃ、誰だ？　勉か？　勉が俺を、あるいは俺と藍子を観察しているのか？


勉と藍子が結婚した、その三月《みつき》前の夏の夜のことが思い出された。

その夜、勉と二人でスナックで飲んでいると、勉がいきなり和幸に言った。

「実は俺、結婚しようと思うんだ」

「ほう。……いや、おめでとう。で、どんな女性と？」

「どんな女性って、もちろん藍ちゃんだよ。思い切ってプロポーズしたら、すぐにOKしてくれたんでね」

「そうか。……藍ちゃんか。……で、すぐにOKと？」

「うん。……いや、もしかしたら、事前にお前に一言言っておくべきだったのかもしれんが……。悪く思うな」

「えっ。いや、そんな、悪く思うも何も……。そうか。おめでとう。さっそく三人で祝杯を上げなきゃならんな」

平気を装い、笑ってみせてもいたが、和幸の内心は動揺していた。和幸も藍子のことを好いていたからだ。それに、長年勉と付き合ってきた和幸からすると、藍子は勉とは結婚しないほうがいいように思えた。勉は、外見的には穏やかで人当たりもいいから良く出来た人間に思えるかもしれないが、その実は自分本位で短気で、思いどおりにいかないと暴力も振るうという、そんな側面があるように和幸には思えたからだ。

けれども和幸はすぐに思い直した。勉の言うように藍子が彼のプロポーズにすぐに応じたのだとしたら、自分は喜んでやるべきではなかろうか、と。

というのは、勉の父は当時、十数人の従業員を抱える会社を経営していた。高校に入学して間もなく祖母が亡くなり、その半年後には父も亡くなって、高校を卒業したときには、生家も父の後妻やその連れ子たちに取られてしまった藍子には、それ以上の良縁はなかろうとも思えたからだ。それに比べて自分のほうは、勤め始めて間もなく父が脳梗塞で倒れ、その入院費と生活費を稼ぐために母が勉の父の会社にパートとして勤めさせてもらっている状況だから、当分の間、結婚など考える余裕はないし、と。

ポイントポイントで竿を下ろし、少しずつ川を遡っていった。途中、足場を探して岩を飛び、流れを横切って向こう岸へ渡ったりしたが、そうしたときには、なるべく緩やかな浅瀬を選ぶようにして。それでも水の勢いに藍子が押し流されそうになると、和幸はその手を引き、後ろへ回って体を支えた。

細い体を支えるとき、和幸は再び、勉から藍子と結婚するという話を聞かされた夏のことを思い出してしまった。

勉からそんな話を聞いて一週間ぐらいしてからだった。

むしょうに藍子に会いたくなり、母には本屋へ行くと言って外へ出た。

藍子が仕事のあとで通っていた英会話教室の建物の前付近で行ったり来たりしていると、やがて藍子が戸口から出てきてバス停へ向かった。後ろから追いつき、その顔をのぞくと、

「あら、和幸さん、どうしたの、こんなところで」

びっくりしたように藍子は言った。

「いや、ちょっと、そこの本屋まで来たもんだから……」

「そうなの。じゃ、早く行ったら。そうしないと、この時間だから、閉まってしまうかもしれないわよ」

「うん。でも、もう、それはいいんだ。それより、少し歩かないか」

「えっ。ああ、それはいいけど。次のバス停くらいまでなら」

藍子はそう応えて歩き始めた。

川沿いの桜並木の下の道を歩きながら、和幸は藍子に話しかけた。

「うまくできるようになったか」

「えっ。ああ、英会話？」

「そう」

「ううん、全然。でも、外国の人を前にしても物おじすることだけはなくなったわね」

「そうか。それだけでもいいじゃないか。俺なんか、声を掛けられただけで、もう、逃げ出してしまう」

他愛《たあい》ない話をしながら、和幸の心は落ちつかなかった。こんなことじゃなく俺には、ほかにもっと話さなければならないことがあるのに、と。けれども、それをどう話せばよいか、なかなか頭が働かず、切り出す言葉も見つからなかった。

そうこうしているうちに、ぽつりぽつりと葉を鳴らして雨が降り始めた。

「これだから困るんだよな、女心と秋の空は」

「あらっ、それ、男心じゃないの？　ああ、傘ならあるわよ。一緒に入れば？」

「いや、俺はいい。濡れて行くから」

和幸は身を引いたが、藍子のほうは、

「そんなこと言わないで」

と言って折り畳み傘を広げると、黙って和幸の上に差しかけてきた。

和幸は胸が熱くなった。そのうえ、ときどき触れる藍子の手の温もりと爽やかな香りが胸を締めつける。

道沿いの小さな公園の藤棚の下辺りまで歩いたとき、和幸は足を止め、藍子のほうへ顔を向けた。そして、傘を持つ藍子の手の上に自分の左手を被せ、右手で藍子の腰を引き寄せると、藍子は小さく叫んでしばらく抗《あらが》っていたが、やがて和幸の胸に崩れるように倒れてきた。

谷は蛇行《だこう》を繰り返し、落差は次第に大きくなった。岩の間を水は奔流《ほんりゅう》となって駆け下り、白い牙《きば》を向いて岩を食む。

やがて、切り立った岸壁に挟まれた峡谷、ゴルジュが見え、その奥に二段の小さい滝が見えたので、和幸はそこでまたポイントを教え、その辺りに竿を下ろして流してみるように藍子に言った。

藍子は和幸が教えたとおりに滝の下の落ち込みへ餌を落とした。そして、ゆっくりとそれを流し始めた。その竿先を見ていると、左手の岸で揺れる白い花が和幸の目に止まった。イカリソウで、滝のしぶきに打たれて一定のリズムで揺れているのだった。

その揺れを見ながら、和幸はまた考えた。あの藤棚の下にいたとき藍子に勉との結婚を思いとどまるようにもっと強く言っていたら、藍子は今のような苦労をせずにいられたかもしれない。けれども、藍子は俺にそれを言わせなかった。俺の胸から顔を離し、

「悪いけど、もう逢わない」

と言って。

「えっ。どうして？」

「だって、和幸さんと私、いとこじゃないの」

「いとこだからどうだというんだ」

「だから、だめなのよ、そんなこと、絶対」

「そうか？　それでも、勉との結婚はやめたほうがいい」

「……どうして？」

「どうしてって、君が不幸になるような気がするから」

「不幸になる？　ああ、それは大丈夫よ。今では勉さんのお母さんも、結婚には賛成だって、そうおっしゃってるし。……だから和幸さん、私のことなんか、忘れて。それより、叔母さん、和幸さんのお母さんを支えてあげて。お願いだから」

そう言われて何も言えなくなったのだが、たとえ勉と結婚するとしても、もうしばらく付き合い、その人柄を見定めてからにしろと、なぜあのとき言わなかったかと、和幸はいまだに悔やんでいるのだった。

ハリに川虫を付け換えていると、上流のほうで藍子の叫ぶ声がした。見ると、藍子の竿先がたわみ、道糸が水中に突き刺さったようになっていて、目印が滝の下の岩の裏に回りかけていた。

和幸は自分の竿をその場に置くと、藍子のほうへ走った。釣れたときの取り込み方までは教えてなかったからだ。

けれども、駆けつけたときにはすでに道糸は、藍子の後方へ弧を描いて飛んでいた。岩魚の引きと水圧とに釣り合っていた藍子の腕の力が、突然岩魚が下流へ向かって走り出したために抜けてしまい、それで、その弾みを食ったものらしい。竿は藍子の左手の岸壁に打ちつけられて、その弾みでハリから外れた岩魚は宙を飛んでいた。

岩と岩の間の砂利の上に投げ出され、鰓蓋《えらぶた》の際に薄く血を滲ませている岩魚を、和幸は、鰓蓋に指を差し入れるようにして抱き上げた。

それから、そばに来た藍子を見上げると、藍子は青白い顔で立っていた。眉根を寄せ、唇を小刻みに震わせて。しかし、そうしたこともほんのしばらくであった。やがて頬に赤みが戻り唇の震えも止まると、神妙な面持ちで和幸の手から岩魚を受け取り、それを両の手で抱くようにしてためつすがめつ眺めながら言った。

「きれいね。まるで鮫小紋《さめこもん》の着物をまとう小意気な女みたい。この魚がトカゲや蛇までも食べ少ない源流帯だから、そうでもしなければ生きていけないんだろう」
「そう。それどころか、小鳥まで飲み込んでいたという話もある。なにしろ棲息《せいそく》するのが餌の
るんですって？」

そのあと、その滝の下流の淵で和幸が二十七、八センチのものを二尾釣った。朝遅く出てきての収穫としてはまずまずである。

ひととおりポイントを攻めたあと、竿をしまって、滝を巻くために下流へ下がった。小滝ではあったが、藍子には直接の登攀《とうはん》は無理だと思われたからだ。それから、浅瀬を渡り、先に歩いた人が残していったらしい踏み跡を辿りながら、若葉が明るい灌木の中をかき分けて歩いていくと、鳥の囀《さえず》りが聞こえ、足もとを見ると濃紫のすみれが咲いていた。

滝上まで遡上したところで、再び水際へ戻ると、そこは意外にも傾斜の緩い平瀬であった。谷の音が低くなり、ときどき足もとを型の良い岩魚が走る。

時計を見ると、すでに十二時を過ぎていた。腰掛けるのに格好の岩があったので、そこで昼食をとることにした。

藍子がリュックから弁当を出して和幸に手渡してきた。蓋を取ると、おにぎりの弁当で、横には野菜やハンバーグ、果物などが彩りもきれいに盛られている。

ウェットティッシュで手を拭きながら、和幸は思った。釣りに来てこのような弁当を食べる

のは何ヵ月ぶりだろう。このごろでは、おにぎりさえ作ってもらえず、コンビニでパンとジュースを買って山に入るという寂しさだ。朝が特に具合悪そうな琴代にそんなことはさせられないと思い、一度遠慮してからそうなったのだが、実際、琴代にはもう、優しさを示す気力も余裕もないのかもしれない。

「ハンバーグはケチャップで煮込んであるんだけど、味がちょっと薄かったかも」

「いや、このくらいがちょうどいい」

何気なくそう応えたが、そのあと和幸は、再びケチャップの赤い色を思い出してしまった。

半年前の冷たい雨が降る夜だった。

仕事納めということで課の職員と酒を飲んで家に帰ると、ドアには鍵が掛かり、外灯も消えていた。

なんだよ。まだ十時半だというのに、なにも外灯まで消すことはないだろう。こんなことをされりゃ、せっかくの酔いもさめてしまうじゃないか。

口の中でぶつぶつ言いながら鍵を開けて中に入ると、琴代は居間で横になってテレビを観ていた。けれども、和幸が「ただいま」と声を掛けても、返事もしなければ、こちらを向くこともしない。

またどこか体の具合でも悪いのだろうか。それとも、ただの不機嫌か。

気掛かりではあったが、それ以上声を掛けて暗い顔を見せられてはこっちまで暗くなると思い、気がつかない振りをして台所へ行った。お湯を沸かして茶漬けを作り、それを持ってそろそろと摺《す》り足で食卓へ運んだ。それからそれを音を抑えてすすっていると、琴代がむっくりと起き上がって台所に入ってきた。そして、冷蔵庫を開け、辛子明太子《からしめんたいこ》と茄子《なす》の漬物が入ったポリ容器を取り出すと、それを和幸の前に置き、再び居間に行くと毛布を被って寝てしまった。

「寝るんならベッドで寝たらいいじゃないか。明日の朝は気温が下がって雪も降るらしいから」

「………」

「それに、具合が悪いんなら病院へ行って診てもらえばいいし」

「………」

しかし、和幸が何を言っていても、琴代は返事もしなければ体を動かそうともしない。だったら好きにしてたらいい。そう思いながら寝室に行ってパジャマに着替えようとしていると、奥のほうで手荒く引き戸を開け閉めする音がした。行ってみると、琴代がテレビの前に布団を敷いているのであった。今日は寝室のベッドでは寝ないという意思表示である。

和幸は腹が立った。どうでもしろと言いたくなった。

琴代の様子がおかしくなったのは、その一年ほど前からであった。結婚したころから頭痛持ちで、月に一度程度陰鬱《いんうつ》な顔を見せられてはいたのだが、そのころから不眠を訴え、時には塞ぎ込むようになった。夜の食事も作れないくらいひどい状態のときもあって、仕方なく飲み屋で食べてくると、女がいるんでしょう、別れるのなら別れたって私はかまいませんよと言って、わめいたり泣いたりした。それでも翌朝、目が覚めると、これではいけないと思うのか、病院へ出掛けていったが、特に悪いところは見つからないようであった。

和幸は、風邪で同じ医者に診てもらったとき、琴代の状態についても聞いてみた。

「ああ、私のところにもお見えになりましたね。今もすっきりされませんか」

「ええ。それどころか、ますますひどくなってきたようで」

「そうですか。というと、例えばどんなふうに？」

「例えば、私がちょっと遅く帰ったりしますと、もうヒステリー状態で。……あれ、焼きもちですかね」

「焼きもち？　……それは、あなたに特に思い当たることがないのに、ですか？」

「ええ。ただ、友人や職場の人間と飲んで遅くなってるだけなんですが……」

「そうですか。いや、私の診るところ、更年期障害ですな」

「更年期障害？　……ですけど、妻はまだ四十になったばかりですが……」

「ええ。皆さん、よくそうおっしゃいます。四十になったばかりなのに、もう更年期障害かと。だけど、そのあたりから出てくるんですよ、更年期障害というのは。症状は様々で、自覚症状がほとんどない方もいらっしゃいますがね。奥さんの場合、どちらかというと症状が強く出ているようですね」

「そうですか。で、何か良い方法は……」

「方法は、まあ、婦人科へ行けばホルモン補充療法などをやるんでしょうが。私からは、スポーツをやるなり習い事をするなり、何か夢中になれるものを探されたらどうですか、と申し上げたいですね。というのは、かなり精神的なものもかかわっていますから」

そうか。女の体というのは、なかなか厄介にできてるものなんだなあ。しかし、このあとも連れ添っていくためには、それも二人で乗り越えなければならないんだろう。

そう思い、できるだけ理解といたわりを示そうとしてきたつもりだが、相手がこんなふうでは手の差し延べようもない。

まあ、別の部屋で寝るだけで気が済むのなら、そうしてればいいさ。

そう思って再び寝室に戻ろうとすると、琴代が敷き布団にシーツカバーを掛け始めた。けれども糊《のり》が利《き》いているので、なかなかうまく布団が納まらない。

「手伝おうか」

和幸はそう言って、シーツに手を掛けようとした。

ところが、琴代はその手を払いのけると、甲走《かんばし》った声で言った。

「触らないで！」

そして、あっけに取られて立っている和幸の前を今にも泣きそうな顔で走り抜けると、冷蔵庫からチューブ入りのケチャップを取り出し、それをシーツの上に振り撒きながら叫んだ。

「アイちゃんてどんな人？　私、知ってるのよ、あなたが時々その人と会っていることを。それなのに、変にごまかそうとして今も、手伝おうかなんて！　ああ、もう、あっちへ行って。お願いだから、早く向こうへ行って！」

ケチャップは、白いシーツの上に鮮やかな血の色に飛び散った……。


「何考えてるの？」

耳元で声がした。顔を上げてそのほうを見ると、藍子が紙コップを手にして和幸の顔をのぞき込んでいた。

「ああ。いや、別に……」

「そうなの？　お茶を飲む？」

「ああ、いただくよ。ありがとう」

和幸が慌ててコップを受け取り、ごくりと一口飲むと、藍子は聞いた。

「仕事、忙しいの？」

「えっ？　……いや、別に忙しくもないが……」

「そう。……和幸さん、今、確か、福祉課の課長さん……だよね」

「いや、課長じゃない。係長だよ」

「えっ、そうなの？　じゃ、私、ちょっと余計なことを言ったのかも……」

「いや、そんなことはない」

――そんなことは俺にとってどうでもいいことだ。それより退職した後どう生きるか、そのほうが大事だと、最近の俺はそう思っている。だから、余計なことを言ったかなんて考えることはない。

　そう続けたかったのだが、それは言わなかった。そんなことはことさら、他人に言うことではないと気づいたからだ。

　この春、和幸には課長になるチャンスがあった。上司だった課長が脳梗塞で他界し、思いがけずその席が空いたのだ。順序からすると当然和幸が座るものと、周囲の人間も思っていたはずだし、和幸もそう思っていたのだが、なぜか、そこには和幸より二年後輩の男が座った。和幸は落胆し、勤めるのもいやになった。これ以上勤めてもまた同じ思いをさせられるのなら、もうこんなところ辞めてしまおうかと、そこまで考え始めていたとき、信じられない噂が聞こえてきた。新しく課長になった男はあの席に就《つ》く前、せっせと上司に付け届けしていたらしいよ、という話である。

　なんだ、そうだったのか。和幸は笑ってしまった。そんなことがいまだに行なわれ、それが昇進にも効いているのか。

するると、それからはもう、ポストに就きたいなどとは思わなくなった。同時に、ポストを得るために有給休暇も取らないで勤めてきた、それまでの生き方がばかげたものに思えてきた。釣りに行く回数が増えたのはそのころからである。そして、釣りは和幸をますます世の中から遠ざけるようであった。

「ねえ、立ち入ったことを聞いていい？」

と藍子が言った。

「立ち入ったこと？　どういうことだ？」

「……和幸さん、どうして子供を作らないの？」

「えっ。ああ、そんなことか。……別に作らないと決めてるわけじゃないが。ただ、家内が体が弱くってね」

「そうなの？　私はまた、そういう方針なのかと思った」

「いや、そんなことはない。やっぱり子供は欲しいさ。……だけど、そう言う君のほうも……」

と、そこまで言って、和幸は慌てて口を噤《つぐ》んだ。集金に行くと言って家を出たまま三年も帰らない夫を待つ女にそれを聞くのは酷じゃないかと思ったからだ。

それなのに藍子は言った。

「私？　……私は一度、身籠《みご》もったことがあるの。だけど結局、処置してしまった」

「処置？　……どうして？」

「どうしてって、……向こうがそうしろと言ったから」

「向こうって、勉が？」

「そう。……もちろん私は、抵抗したわ。だけど、向こうは頑《がん》として聞こうとしなかった。それどころか、そうしなければ離婚するって、そこまで言ったの。で、結局、向こうの言うとおりにしたというわけ」

「そうか。……しかし、勉はまた、どうしてそんなことを……」

「どうしてって……」

そこまで言って藍子は一瞬、口を噤んだ。が、すぐに思い直したか、大きく見開いた目で和幸を見つめ、それからその目を向こう岸のほうへ投げると、

「産まれてくる子を心から愛せないような気がするって」

ぽそっと言った。

「産まれてくる子を心から愛せない？　……それ、どういう意味だ？」

「どういう意味って……多分、私が悪かったんだと思う」

「君が悪い？　どういうことだ。……君は精一杯、妻としてやってたんだろう？」

「ええ。……ただ、向こうが問題にしてたのは、そういうことじゃないみたい。……一度きり

だったけど、こう言ったから。お前が本当に愛しているのは俺じゃないって」

「俺じゃない？　……じゃ、だれなんだ？」

するとと、藍子はしばらく考えている様子だったが、再び、ぽそっと言った。

「和幸さんだって」

「えっ？　俺？　……そんなばかな！　俺と君とは別に何でもないじゃないか」

「そう。だから私、繰り返し、そう言ったのよ。だけど向こうが問題にしてたのは、体のことではなくて、心のことだったみたい。そして、そのほうがずっとつらいって。……そう言われたら、私、何も言えなくて」

「………」

「処置した日、目が覚めると、私は狭い部屋に、仰《あお》向けの状態で寝かされていた。天井も壁も白一色の部屋で、どこからか、かすかに金属の触れ合う音や人の話し声が聞こえていた。だから、私はもう、何もかもが終わったことを知った。それで、白い天井を見上げて私、呟いたの、さあ、神様、どうにでもしてくださいって。どんな罰でも受けますからって」

「………」

「ああ、ごめんなさい。本当はこんなこと言うつもりはなかったんだけど、死ぬまで胸の奥にしまっておこうと思ってたんだけど、こんなふうに澄んだ川を見て、さらさら流れる瀬音を聞いていると、何もかもを吐き出したくなったみたい。……とにかく、結婚した当初から、私たち、惨憺《さんたん》たるものだったの」

悲しげに笑って、藍子は食べ終わった弁当箱をリュックに詰めた。それから、シャツの袖を捲《め》くりながら流れに向かって歩くと、流れの前に立って、川の水で手を洗い、口を濯《すす》いだ。まるで、そうすることで罪ある自分の禊《みそ》ぎをしているかのように。


リュックを背負い、ハリを新しく取り替えて、さらに釣り上がっていった。

釣り上がるにつれて両岸はさらに狭くなり、空も細くなった。その空に一つ、薄紅色に縁取られた雲がぽっかりと浮かんでいる。

暗褐色《あんかっしょく》のカワガラスが鳴きながら、川面すれすれに飛び過ぎていった。そして、川上の岩の上に止まると、手招くように尾を振った。しかし和幸たちが近づくと、すっと飛び立って、今度は上流の岩の上に舞い下りた。

「まるで道案内みたい」

藍子が笑った。

そう、道案内なのだ。藍子と俺を二人だけの世界へと導いてくれる、このカワガラスは、その道案内なのだ……。

和幸は、内側に熱く渦巻くものを覚えながら、そう思った。

流れに立って口を濯ぎ、手を洗う藍子の姿を目にしたとき、和幸は藍子を愛しいと思った。

妻の琴代の顔が浮かび、慌てて打ち消したが、それでもしばらくすると、その思いはまた蘇った。それればかりか、いつの間にか琴代に対して言い訳すらし始めていた。

そりゃ、体が都合悪ければつらいだろうし不機嫌にもなるだろう。だけど、それならそれで素直にそう言い、甘えてくればいいじゃないか。それなのに意地を張って壁を作り、顰《しか》め面ばかり見せられりゃ、だれだってうんざりするだろう。逃げ出したくもなるさ。

さらに空が細くなり、足もとに転がる岩が大きくなった。瀬音も高くなったので、また滝でもあるのだろうかと思いながら、さらに遡上していくと、川筋が曲がり倒木をくぐり抜けたところにスノーブリッジが架《か》かっていた。両岸に脚を置き三メートルはあると思える厚さで消え残っている雪渓で、その下からは白波の立つ早瀬が流れ出ていた。

「参ったな」

和幸は言った。

「前に来たときにはこんな雪渓なかったんだけど」

「そうなの？　だけど、この風景、なかなかの圧巻だよね」

背伸びしたり、後ろへ下がってスノーブリッジを眺める藍子の首から頰にかけてのすっきりした線を見ていると、和幸の胸の火はまたしても燃え上がった。谷を揺るがす轟音《ごうおん》とちらちら輝く瀬音が、その思いをさらに煽り立てる。

「今年は平野部では雪も大したことなかったんだけど、山では結構降ったようね」

「うん。……で、どうする？　この雪、ちょっと越えられそうもないが。少しバックして滝の上へ出るか、それともこの辺りで打ち止めにするか」

「そうね。そのへんの判断は、私にはできないから、和幸さんのほうでしてもらえる？　戻る時間なども考えて」

「そうか。あまり遅くはなれないんだったな」

「そう」

「じゃ、ここを最後に竿をしまうことにするか」

と和幸が言うと、

「そう？　そう言われると、買い物なんかどうでもいい。もう家へも帰りたくない。なんて言いたくなるけど、でも、そんな無責任なこと、やっぱり言えないわね」

と藍子は言ってすぐにその場を離れ、雪渓の下をくぐって流れ出ている早瀬に竿を下ろした。石裏の白く泡立つ辺りから泡の切れる辺りまで、まるで瀬に向かって語りかけてでもいるかのように竿を流す、その竿先を和幸はしばらくの間、目で追っていた。それから、

「いるよ。それも、かなり大きい奴が」

と藍子の背中に声を掛けると、

「ちょっと、この雪渓の向こうを見てくるけど、いいかな」

と言って、返事も待たずに雪渓の切れ口に取りついた。

和幸としては、確かその向こうに、大きな滝があり、大岩魚の棲む滝壺や淵があったはずと思うのに、それらを見ずに帰ることは考えられないことだったからだ。それと、カワガラスのあとを追って遡上し始めたあたりから、またしてもこちらを凝視している目を覚えるようになっていて、それが何の目なのか、あるいはだれの目なのか、それもできれば確かめたいと思っていた。

靴の先で雪を蹴り、手袋をした指で雪を掻いて足場を作りながら、和幸は雪渓の上に登っていった。しかし、登ってみると、雪渓の向こうにはさらに一メートルばかりの厚さがある雪渓があり、そう簡単に滝へは近づくことなどできそうになかった。以前、叔父や勉と来たときにはこんな雪渓はなかったような気がするのだが……。そう思いながら空を見上げると、右手上方の手の届く距離に、岸壁にしっかりと根づいた木の幹や岩があった。そこで、和幸はそれらにつかまりながら岸壁を登っていった。登り切ると藪をくぐり、滝を巻くようにして遡上した。

滝の上流まで遡上すると、和幸は再び流れへ近づいていった。そして、その流れに沿って岩が石段のように連なっている、その上をそろそろと歩き滝口へ近づくと、庇《ひさし》のように乗り出している岩の上から下をのぞいた。

しかし、滝壺はすぐには見分けることができなかった。両岸からかぶさる梢《こずえ》に光が遮られて谷が暗いことと、霧のように流れる滝のしぶきが視界を遮っていたからだ。それでもそのまま目を凝らしていると、やがて霧が晴れるように風にしぶきが飛ばされて、底のほうに白い泡と暗緑色の大きい淵が見えてきた。

あった！　と和幸は思った。叔父や勉と一緒に見た滝壺や淵が！　そして、あそこには間違いなく、ものすごい奴がいる！　叔父が言っていた大岩魚、川の主が……。

言い知れぬ興奮が和幸の内側から噴き上がってきた。同時に、勉と一緒にそこにいて、覚えた苦い思いが、否応なく思い出されてきた。


勉が行方不明になった、その半年前のことだ。

勉とコーヒーを飲みながら、叔父と二人で岩魚釣りに行ったこと、そのときに叔父が青い瀞《とろ》や渕を前にして、ここには五、六年は生きている大物が潜んでいる、それを俺たちは川の主と呼んでいる、と言っていたなどという話をしていると、勉が、その瀞、俺も見てみたい、そして釣ってみたい、ぜひ案内してくれ、と言った。だけど俺、その谷にはそのとき一度入ったきりだし、ちゃんと案内できるかどうかも自信がない、そう言って和幸は断ろうとしたが、それでも勉は行きたいと言って、しまいには連れて行けと、半ば命令口調で言った。

仕方なく叔父の家に行って、地図を広げながら、どこに駐車し、どこから谷へ下りればよいか、あの瀞はどの辺りにあるのか、などといったことを教えてもらい、そのあと勉をその谷へ案内したのだが、その日の午前中の釣果は和幸が二尾で勉はゼロという芳《かんば》しくないものだった。それで勉はすっかりしょげてしまい、食欲もないと言っていたが、それでも昼食をとらせ、さらに遡上していくと、川幅が狭まり、両岸が切り立った崖で、それ以上は遡上できないと思われるところに、七、八メートルの滝が現れ、その下の深い滝壺も見えた。滝壺は木漏れ日を受けて緑色によどんでいる。

あった、叔父と見たあの滝と瀞が！　そして、あそこには叔父の言っていた大物がいる！　多分、尺以上はある、でかい奴が！

勢い込んで竿を出そうとして、和幸はふと考えた。ここでもし自分がそれを釣り上げたとしたら、勉はさらに不機嫌になるのではなかろうか。

そこで勉を振り返ると、和幸は言った。

「勉、やってみたら？」

「えっ。……俺が？」

「うん」

「そんなの、おまえがやればいいじゃないか。でっかいやつが潜んでるかもしれんのだろう」

「多分ね。だからおまえにやってみろと言ってるんじゃないか」

「そうか？　そんなにでかい奴がいるのか？　そして、それはもしかしたら、おまえがこの前言っていた川の主？」

「そう」

「じゃ、やるよ。やってみるよ」

そう言うと、勉は急いで腰を落とし、仕掛けに新しくキジ（ミミズ）を付け始めた。一尾《び》ではは途中落ちるかもしれないと思ったか、とびきり元気そうなのを二尾掛けにして。それから、息を詰めて滝下の白い泡が消える辺りの淵へそれを入れると、水の勢いに押されて流されてでもいるかのようにゆっくりと流した。淵尻まで流し終わると静かに竿を上げ、上流へ戻してまた流す。

緊張と静寂のときが流れた。

勉が腰を低くして、竿先を立てた。見ると、ピーンと糸が張って、穂先がぐいぐい引き込まれている。傍目にもすごい引きで、勉はすっかり慌てているようであった。低く呻きながら懸命に竿を立てている。しかし、岩魚の引きは相当なようであった。なかなか姿を見せないばかりか、ぐいぐい糸を引いて流れの芯を走り始めた。

和幸は思わず立ち上がって、前へ進み出ると声を掛けた。

「よし、それでいい。そう。絶対に糸を緩めるなよ」

言わずもがなのことであったが、つい力が入っていた。

すると一瞬、水面に岩魚の頭部が見え、獰猛《どうもう》そうな目も見えたかと思うと、すぐにそれは水中に潜り込んで、再び釣り糸をぐいぐい引きながら下流へと泳ぎ始めた。張り詰めていた釣糸が切れてピューンと音を立て、それが勉の後ろへ撥ね上がるまで。

「ちくしょう！」

勉は大きく舌打ちをして、その場で地団太《じだんだ》を踏んだ。それでも悔しさが治まらないのか、足もとにあった小石を拾うと、滝壺へ投げた。竿先を見ると、仕掛けはハリの上で切られている。

やがて勉は口を歪めて言った。

「おまえがそばであれこれ言うからじゃないか。それで気が散って、逃げられてしまったんじゃないか」

そして、再度、滝壺へ恨めしげな目を投げると、帰り支度をしているときも、そのあと車を停めていた車道まで崖を登っているときも、

「あーあ、残念だなあ。すごい奴で、ほとんど釣れていたのに」

和幸にも聞こえる声で繰り返し愚痴っていた。

和幸は後悔した。やはりあのときは自分が挑むべきだったのだ。それなのに変に気を回して勉に譲ったばっかりに、せっかくの大物を捕り逃がしてしまった。それればかりか、勉の身勝手さというか未熟さ、そういった面まで見せられてしまった。そうした面は、できれば知りたくなかったのに。知らずにその後もお互い気兼ねなく付き合いたいと思っていたのに……。

あの半年後に勉は行方不明になったのだが、その行方不明になったこととあの滝壺で川の主を捕り逃がしたこととは関係があるのだろうか。全く関係はないと自分としては思いたいのだが、……などと考えながら岩を飛び、藪を漕《こ》いでスノーブリッジの裾へ戻ると、藍子は、和幸

が雪渓の向こうを見てくると言って離れたときと同じ岩に座っていた。竿はすでにしまってい
て、目は対岸のほうへを向けられている。

和幸は足音を忍ばせて雪渓を下りていった。そして、藍子の後ろに立つと、そっとその肩に
手を置いた。

藍子はぴくりと体を震わせて、驚いたように立ち上がった。そして、しばらくは声も出ない
かのように後ろに立つ人間を見ていたが、やがてそれが和幸だとわかると言った。

「ああ、びっくりした。驚かさないでよ、和幸さん。どこへ行ってたの？」

「どこって、この雪渓の向こうへ」

「だったら、そう言ってってよ」

「言ってったよ。ちょっと雪渓の向こうを見てくるって」

「言ってない」

「言ったさ」

「そうだった？　でも、私には聞こえなかった。……だから私は考えてたの、和幸さんも帰ってこないかもしれないって」

「えっ。俺も帰らない？　それ、どういうことだ？」

「勉と同じように、私を置いてけぼりにしたのかもしれないと」

「そんなことしないさ、俺は。現にこのように帰ってきただろう」

「そう。確かに、和幸さんは勉とは違ってた。でも、たとえ、置いてけぼりにされても、そのときはそのときと……」

「えっ。またまた、それ、どういうことだ？　そのときはそのときとは？　……藍ちゃん、一体、何を考えてるんだ？」

「何って、いろいろ。……とにかく私って、ものすごく臆病なのよ。だから、ちゃんと支えていてくれないと、何もできない。勉のことだって前へ進めない」

次第に声は引き攣っていき、藍子は黒い目を見張るようにして和幸を見た。それから、口を歪めて苦しげに笑うと、和幸の目から逃れるように雪渓のほうへ歩いた。

雪渓の前にうずくまり顔を手で覆って泣く藍子の肩を、和幸は両手の手のひらで優しく包んだ。そして、その手に力を込めて立たせようとしたとき、藍子が振り返って叫ぶように言った。

「ねえ、和幸さん。私、金井の家を出てもいいよね」

「えっ。……ああ、いいと思うよ。なんの連絡もしてこない勉のほうが悪いんだから」

「そうよね。七年たてば失踪宣告の申し立てもできるんだけど、それまで待たずに出てもいいってお義父さんも、おっしゃってるし」

「ああ、だったら、なおのこと出やすいじゃないか」

「ええ。多分、息子はもう帰ってこないだろうと、お義父さん、そう思っておられるんじゃないかしら。同じころいなくなった事務員とどこかで所帯を持っているんだろうと」

道を取り違えたかなと思ったのは、竿をしまい、川を下り、この上が車を置いた橋辺りかなと見当をつけて崖を登り始めてからであった。

「おかしいな」

和幸は言った。群生するわさびを見て、こんなものがあったかなと思ったからだ。

「どうしたの？　この道じゃないの？」

「どうも違うようだ」

「ええっ。和幸さん。大丈夫？　しっかりしてよ」

「ああ。……しかし、こんなこと、今までに一度もなかったことなんだがな。少し川を下り過ぎたのかもしれない」

「だったら、すぐに戻りましょうか」

「いや、しかし、村道へ出る道はほかにも幾つかあるはずだし、もうしばらくこのまま進んでみるよ」

再び和幸は崖を登り始めた。けれども、岩魚釣りばかりでなく林業に携わる人が歩く道もあるだろうに、と思いながら歩いてみても、それらしき道はなかなか見つからなかった。

「本当に大丈夫？」

血の気の失せた顔をして、藍子が聞いた。

「大丈夫さ。地図には、この谷に沿って道が走ってたし」

和幸は落ちついた口調で言ったが、藍子は心配でならないようであった。和幸の袖を引いては、眉根を寄せて聞いてくる。

「このまま迷ってたら、そのときはどうなるの？」

「迷ってたら？　そのときは捜索願いが出るかもしれない」

「捜索願い？　……だめよ、そんなこと！　だって、それじゃ、スキャンダルになるじゃないの」

「スキャンダル？　……そのときはそのときだろう」

「まあ、和幸さん、随分のんきなのね」

「それに、君にとってはそのほうが、むしろいいんじゃないか、家を出る話のきっかけができて」

「まあ、それはそうだけど。……でも、やっぱり怖い。それに、あの家を出るなんて、私にはやっぱりできそうにない」

「できそうにない？　……しかし、君はさっき、そうすると言ったじゃないか」

「言ったわ。言ったけど、よく考えたらやっぱり怖い。それに、とてもそんなことをする勇気など、私にはないし」

途方に暮れて今にも泣きだしそうな顔をみると、和幸は藍子がかわいそうになった。だから、

「大丈夫さ。君にはそれだけの勇気もあるしエネルギーもある。それに、君の後ろにはこの俺がついている」

と言って、その肩を抱き、自分のほうへ引き寄せようとした、そのときであった。

藍子が後ろに飛びのき、驚いたように言った。

「俺がついてる？　和幸さん。あなた、何を考えてるの？　あなたにはちゃんと奥さんがいらっしゃるじゃないの。それなのに、一体どうしようと思ってるの？」

「奥さん？　ああ、琴代のことか。……それはいいんだ、何とかするから。……実を言うと、あれとはもう、何年も前からだめになってたんだ。ただ、あれに生活能力がないから踏み切れないでいただけで……」

「踏み切る？」

「そう」

「それ、離婚するということ？」

「そう」

「だめよ、そんな、離婚だなんて。そんなことをしたら奥さん、私と同じ思いをしなければならないじゃないの。……ああ、さっきのことね、ちゃんと支えていてほしいという。ごめんなさい、あのときは私、ちょっとどうかしてたのよ。和幸さんが私を独りにしたから、寂しくて頭がおかしくなってただけよ。だから、お願い、あの言葉、聞かなかったことにして。そのほうが和幸さんにとっても私にとってもいいと思うから」

「………」

「それに、私、こんなことを言っては何だけど、和幸さんにはやっぱり、いとこでいてほしいの。なぜって、そのほうが悲しい思いをしなくて済むから。だから、お願い。さっきのことは忘れて」

最後は手を合わせて和幸を拝むようにし、くるりと向こうを向くと、がむしゃらに崖を登り始めた。和幸に任せていてはいつになっても道は見つからないとでも思っているかのように。

それでも道は見つからなかった。どうやら谷へ入るときにまともに道を歩かなかった、そのことが目印を失い、迷う原因となったようであった。

ほの暗い木漏れ日の下に藍子の後ろ姿が揺れ動いている。滝口の上から見た滝壺のような夕暮れの底で、青白い炎となって揺れ動いている。

白《はく》桃《とう》

「賑やかなことよね」

キッチンテーブルの椅子に座って蕗《ふき》の皮を剝いていた母が言った。

浴室から聞こえてくる父とヘルパーの、話し声や笑い声のことを言っているのである。

土曜日は、父がヘルパーに介助をしてもらいながら家で入浴をすることになっている。脱衣所や浴槽には手すりがついており、洗い場にはシャワーベンチも置いてあるのだが、それでも手足に麻痺があるので独りでは危険だという話になって、介護保険の訪問介護を受けているのだ。

ヘルパーは、退院してきてふた月ばかりは二、三人の人が交代で来ていた。しかし、六月からは佐野留美子《るみこ》さん一人になって、八月の第一土曜日の今日も彼女が派遣されて来ている。

父は、去年の九月に脳梗塞が起きて、その治療のために富山市中心部にある前田病院に入院していた。

一方、母は、十二月の初めに左大腿骨《だいたいこつ》を骨折し、その接合手術を富山市民病院で受けたあと、十二月末から温泉付きの病院に転院してリハビリを受けていた。ところが、年が明けて間もなく、母の様子がおかしくなった。だれかが病室の隅にうずくまっていたとか、物を盗られそうになったなどと不安そうに訴え、死にたいと口走ったりするようになったのである。

夏美《なつみ》は、双方の主治医に相談して、父を前田病院から母のいる病院に移させてもらった。車椅子を押して父に母の見舞いをさせたところ、母が相好《そうごう》を崩して父の手を取り、

「お父さん、元気だった？」

と話しかけて、それからしばらくは落ち着いていたからだ。

その後、約二ヵ月、同じ病院で治療を受けていたのだが、雪が解けて立山連峰の稜線が優しく見えてくると、二人とも窮屈なところにいるのが嫌になったらしい、退院して家で暮らしたいと言い始めた。

夏美は、二人が家で暮らすことには賛成できなかった。

父には右手と右足に麻痺が残っていた。母は杖も歩行器もなしに歩けるようにはなったが、数年前からの持病である骨粗鬆症《こつそしょうしょう》や変形性膝関節症《しつかんせつしょう》からくる膝の痛みをいまだに訴えていたし、幻覚によるものと思われる理屈に合わないことも、たまにではあるが、言っていた。そのような二人が、あの、隙間風の吹き込む古い家で無事に寝起きし飲み食いしていけるだろうか。

夏美は、甲府に住む姉の春香《はるか》と、父母の住む家から車で五、六分のところに住んでいる弟の賢一《けんいち》に電話で相談してみた。彼らも二人が家に帰ることには反対するだろうと思いながら。と

ころが姉も弟も、あまり時間を置かずにさらりと言った。

「本人たちがそうしたいと言っているのなら、そうさせてやるほかないんじゃないの」

夏美は腹が立った。そして、もう少しで言いそうになった。へえ。随分、簡単に言うわね。まあ、そばで見ていないから、そう言えるんだろうけど、と。

しかし、言ったところで、その言葉の奥に自分がどういう意味を込めているかを察してくれるだろうかと考えると、姉にも弟にもそれは期待できない気がして、ばからしくなり口を噤んだ。

それでも、その後しばらくは、忙しいとか何とかと言って、病院へは顔を出さないでいた。そうすれば、しびれを切らした父や母から姉や弟のほうへ電話が行って、二人も見に来ざるを得なくなり、退院は無理だと言ってくれるかもしれない。そう思ったのだ。

けれども、日増しに濃くなる街路樹の緑や芽吹きの色を滲ませている青い山々を、病室の窓から眺めては物言いたげに自分を見てくる父と母の眼を見ると、それほどに出たいのなら何とかしてやりたいと思うようになった。

夏美は、それぞれの主治医に会って二人の意思を伝え、できるだけ介護保険を使うことなどを話して退院の許可を取った。それから、母が入院する前に訪問介護を受けていた『ひだまり』のケアマネージャーに病院に来てもらい、掃除、ゴミだし、入浴など、可能な限りの在宅サービスを受けることにして、大型タクシーで二人を家に連れて帰ってきた。

退院の日時は、姉にも弟にも一応、電話で連絡しておいた。姉には、忙しいのなら、賢一も手伝ってくれるだろうから、別に来なくてもいいよ、と付け加えて。ところが、その賢一は、のっぴきならない用事ができたと言って、前日も当日も顔さえ見せなかった。

「だけど、ちょっと賑やかすぎない？」

母が今度は少し引き攣れた声で言った。

里芋の皮を剝いていた夏美が手を止めてそのほうを見ると、母は浴室のほうへ向けていた目をすぐにこちらへ戻したが、眉根には深い皺が刻まれている。

「そうね。だけど父さん、ご機嫌みたいだし、しーんとしているよりいいんじゃないの？」

夏美が笑いながら言うと、

「私は嫌。だって、近所に聞こえたら恥ずかしい……」

キッチンテーブルに触れそうなくらいに面《おもて》を伏せて言う。

「恥ずかしい？　どうして？　たとえ聞こえても、『ひだまり』の車が家の前にあるから、皆さん、ああ、ヘルパーさんが来てるんだなと思うだろうし」

「………」

何の反応もないので目を上げてそのほうを見ると、母はテーブルに手を突いてゆっくりと立ち上がり、眉をつり上げ、唇を突き出すようにして、浴室とは反対方向にある自分の部屋のほうへ歩き始めたところであった。

父の入浴の介助を終えた佐野さんが、タオルで首の汗を拭いながらダイニングキッチンに来た。そして、介護日誌にケア内容を書くと、それを夏美の前に差し出した。

そこで、夏美がそれに相違ないということで確認欄に印を押すと、

「それじゃ、失礼します」

ぺこりと頭を下げて言い、足もとに置いていた紺色の大きなバッグを持って玄関のほうへ歩きだした。

「ありがとうございました」

夏美はいつものように佐野さんのあとを追った。そして玄関で彼女を見送るために上がり框に立っていると、スニーカーを履いた佐野さんが、くるりと向きを変え夏美に訊いた。

「あのう。最近、奥さん、体調がよくないんでしょうか」

首や額に吹き出た夥《おびただ》しい汗が、色白できめの細かい肌を一層際立たせている。

「えっ？　いいえ、特にそんなことはないと思いますが。何かそんなふうに思えることがありました？」

夏美が気になって訊き返すと、

「ええ。月曜日に掃除に来たときも、水曜日に買い物に行ってきたあとも、ベッドに横になっておられて、何をお尋ねしてもお返事なさらなかったものですから」

タオルで額や首の汗を拭いながら佐野さんは言った。

「そうですか。おかしいですね。私と一緒のときはそんなことはないんですが。わかりました。しばらく様子を見てみます」

夏美がそう応えると佐野さんは、

「お願いします」

再びぺこりと頭を下げて、強い日差しを避けるかのように面を伏せながら車のほうへ歩いていった。


次の土曜日、夏美は午後の二時ごろ、エプロンを持って実家へ向かった。実家は、夏美の住む家から自転車で五分前後の距離にある。

「あした、『やなぎ屋』へ連れていってほしいんだけど。冷蔵庫の野菜室が空っぽになってしまったの」

昨夜、母がそう言って電話をかけてきたので、買い物に付き添い、そのあと一緒に料理もするつもりであった。

買い物は、退院してきてひと月ばかりは、母が一人でやっていた。百メートルばかり東にある『やなぎ屋』というスーパーまでシルバーカーを押しながら行き、食べ物や日用品を買ってきていたのである。

ところが、買ったものを袋ごと忘れてきたり、釣り銭が違うと言ったりして、店に迷惑をかけることが何度もあったため、ケアマネージャーとも相談して、五月からヘルパーに付き添ってもらうことにした。ただし、それは週に一回、水曜日だけで、それで足りないときは、夏美が土曜日などに母に付き添うなりして買ってきて補うということになった。

週に一回、水曜日だけで、あとは夏美が云々という話は、母が夏美に相談もなく勝手に言って決まったことである。そうたびたびのことではなかろうからと、母自身、思って言ったのかもしれない。しかし、母にはとかく自分勝手なところがあった。

二人目の子供ができて手狭《てぜま》だからという理由で弟夫婦が家を出ると、母は頻繁に夏美を家に呼ぶようになった。一緒に寿司でも食べない？　だとか、ちょっと話したいことがあるんだけど、などと言って、朝早くからでも電話をかけてくるのである。

製薬会社に勤めていて残業もある夏美には、土、日や祝日は、布団干しや家の隅々までの掃除、衣類の整理などといった、ウィークデーにはできない仕事を一気に片付けてしまえる貴重な時間である。時間が余れば、録画してある特集番組やドラマをできるだけ観て消去し、残り少ない録画可能時間を増やしたいとも思っていた。

だから、あまり気の進まないこともあったが、それでも、自分で自分を叱咤しながら出掛けていた。

ところがある日、姉との電話で、熱が出ても怪我をしても母が電話で呼びつけるのは夏美だけで、弟のほうには電話すらしていないことを知った。しかも、その理由を訊くと、姉は言ったのだ。

「賢一には他人が付いているけど、夏美には付いていない。なんか、そんなことを言ってたよ、母さん」

「えっ。本当にそう言ったの？　母さん」

「うん」

「そう。……ひどい」

夏美は、それ以上、言葉が出なかった。

受話器を置くと、夫が亡くなってから立ち直るまでの、深く暗い穴の中に突き落とされたような思いや、そこから抜け出そうとして試みた様々の足掻き、いまだに覚える寂しさなどが蘇り、そうした娘の苦労も想わず自分のことのみを考えている母への不満が噴き上げて、もう何を言ってきても行くものかと思うのだった。

実家に行くと父は、縁側のロッキングチェアに腰を下ろして百日紅《さるすべり》の花が咲き始めた庭を眺めていた。退院してきてからの父はもっぱら、そこで読書をしたりラジオを聞いて過ごしているようである。

父から財布を渡され、ファスナーを開けると、中には一万円札が一枚入っていた。買い物にヘルパーが付き添うようになってからは、お金の管理は父がするようになった。

「買い物から帰ると、買ってきた物とレシートとを突き合わせたり残金の確認をしてもらいたいのですが、それはご主人にお願いします」

ケアマネージャーからそんなふうに言われたからだ。

母の部屋へ行くと、母はいつものとおり、外出用の服に着替えてベッドに腰掛けていた。すぐそこの『やなぎ屋』に行くだけだから普段着のままでいいと、何度も言っているのだが、母はそれでも着替えている。今日は薄黄緑のTシャツにベージュ色のパンツという組み合わせで、胸元には七宝焼《しっぽうやき》のブローチをつけている。

「いい色じゃないの」

夏美がそのシャツを指先で摘《つま》んで言うと、

「そう？　春香が母の日に送ってくれたんだけど」

母はちらっとスタンドミラーのほうへ目をやり、うれしげに笑った。

「へえ。そうなんだ。今年はそれが流行色みたいよ」

夏美は平然と言ったが、本当はあまりおもしろくなかった。

姉は甲府の菓子店に嫁いでいる。幾つも支店を持っている老舗《しにせ》で、お盆や年末年始は忙しくて家を空けられない、それに安房《あぼう》トンネルを一人で運転して行く自信がない、などと言って、富山には年に一度来るか来ないかである。ただ、その代わりのように物はよく贈ってくる。中元には桃か葡萄を、歳暮、誕生日、敬老の日などにはセーターやマフラーを、宅配便で送ってくる。そのたびに父も母も喜び、さっそく電話をかけているが、夏美はそんなとき、受話器を奪って言いたくなる。

物を贈るだけで子としての義務を果たしていると思ってるの？　近くに住んでいると、何やかやと呼び出され、すでに聞いた話や聞きたくない話、価値観の違う話も黙って聞かなきゃならない。通院やケアマネージャーとのケアプランの練り直しでは、半日、ときには一日潰れてしまうし、病院への入退院では何度も自転車で荷物を運ばなきゃならない。それで自分の予定も先送りするか断念せざるを得なくなって、ついつい息子に当たったりしてるんだけど、そのへん、姉さん、わかってる？　わかってないでしょう。だから、今のように、私が受話器を取ってもすぐに父さんか母さんに代わって、と言って、息子の自慢話なんかをしてるんでしょう。私には、大変でしょう、とも、ありがとう、とも言わないで……。


「準備はできた？　できたら出掛けるわよ」

夏美が声を掛けると、母は、うん、とうなずいて、ベッドの手すりに掛けていたオフホワイトの薄手のカーディガンを羽織り、ベージュのつば広の帽子を被って立ち上がった。

その肩に、父から受け取った財布を入れたショルダーバッグを掛けさせ、玄関でシルバーカーのハンドルを持たせて外に出ると、母は、家から出るのがデイサービスのときと『やなぎ屋』に行くときの、週に二、三回だけということからか、左右に目をやりながら興奮気味に歩き始めた。

「母さん。もう少しゆっくり歩いたほうがいいんじゃない？　そうでないと転んで、また手術をすることになるわよ」

「手術？」

「うん」

「そんな、手術なんて、してません」

「えっ。したじゃない。左の足の付け根を骨折して、母さん、今そこに金属が入ってるんでしょう」

「入ってません」

どうやら母の頭の中には、左大腿骨を骨折して接合手術をしたことは記憶として残っていないようであった。

そういうことなら、それでいい。どうしても正さなければならないことでもないんだから。そう自分に言い聞かせて、万が一倒れそうになったときに即座に支えることができるように、母の左手を右の手で軽く摑んで歩いていくと、母がぽつりと独り言のように言った。

「夏美が車を運転できたらいいんだけど」

これまでにも何度か言われてきたことである。しかし夏美は今さら運転免許を取る気はない。夫が亡くなったとき車庫には、買って一年もたたない白のカローラが遺されていた。だから、そのときすぐに免許を取っていたら、子供を医者へ連れていくにも、塾への送り迎えにも車が使えて、子供たちに寒い思いをさせないで済んだかもしれない。けれどもそのときは長男が八歳、次男が四歳で、その二人を家に置いて教習所に通うことなどできなかった。それに、残っている家のローンや将来の教育費を考えると、車を維持することは難しい気がした。それで車は弟の友人に買い取ってもらい、それから十年、車のない不便な生活をしてきた。それなのに、なんで今さら取ることがあろう。取れば今度は母に当てにされて、今以上に自分の時間を奪われるであろうことがわかっているのに。

「ヘルパーさんも車には乗せてくれないからね」

「ああ、それは、規則で禁じられていてだめみたいよ。万が一事故が起きたときのことを考えるからじゃないの」

母は、理解できたのかどうなのか、黙ってしまった。

『やなぎ屋』に着くと、シルバーカーはカート置き場の隅に置かせてもらい、母には小型のカートを押させて、夏美はその横を歩きながら母が指示するものを籠に入れていった。

「胡瓜が二本。トマトは一個。あとは、ほうれん草と小松菜。これだけでいいの？」

「そうね、野菜はそれでいいと思うんだけど、今日の夕食は何にしたらよいか……。刺身か鰻のどっちかにしようと思うんだけど」

「だったら、両方買っておいたらどうなの？　刺身はサス（カジキマグロ）の昆布じめにして。

そうすれば、どっちも二、三日は持つし」

そんなことを言いながらさらにそうしたものを籠に入れていって、これだけあれば水曜日まで何とかなるのじゃないかと思い、

「じゃ、もう、これでレジへ行ってもいいのね？」

と夏美が訊くと、母は、うんとうなずいたが、目はレジのほうではなく、商品が並ぶ棚の上の表示を見上げている。

まだ何か欲しいんだろうか、と思いながら母の視線を辿っていると、母は間もなく洗剤やトイレットペーパーなどが並ぶ棚を右に見ながら奥へと歩いて行って、化粧品の棚まで行くと、その前を行ったり来たりし始めた。

「何を探してるの？」

「えっ。うん。ちょっとね」

「どういうもの？　言えば探してあげるけど」

夏美がそう言っても、母は、

「どういうものって……」

と言って言葉を濁す。

もしかしたら口紅？　ふとそんな気がして、できるだけ派手でない色のものを手に取り、

「これ？」

と目の前に持っていってみると、

「ううん。いいから。自分で探す」

母は、じゃまだとばかりに夏美の指を手で払いのけた。

そこで、自分がそばにいないほうがよいのかもしれないと思い、

「ああ、ちょっと肉と野菜の売り場に行ってくるわ。帰ってから母さんと一緒に作ろうと思ってた料理の材料を入れるの忘れてたから」

と言って母のそばから離れて、冬瓜《とうがん》と鶏肉を手にして戻ってみると、母に押させていたカートは確かにそこにあるのだが、母の姿はなぜかなかった。

どこへ行ったのだろう。トイレだろうか。それとも、ほかに欲しいものが出てきて、違う棚でも見に行ったのだろうか。

けれども、トイレへ行って声をかけてみても、違う棚のほうを回ってみても、どこにも母の姿はなかった。

だったら、テナントのほうにでも行ったのだろうか。

ふと、そんな考えが頭に浮かび、カートはそこに残して、そのほうへ走ってみると、資生堂やカネボウなどの化粧品が並ぶ店の奥のほうにベージュ色の帽子を被った母の小さな姿があった。

ほっと胸を撫《な》で下ろしてしばらく通路から様子を見ていると、母は目の前の手書きのポップ

を読んでみたり、その横の小瓶の蓋を取って匂いをかいでみたりしている。

もしかしたら香水のようなものが欲しいのだろうか。それなら一緒に選んであげるのに。

そう思って店の中へ踏み込もうとすると、店員と思われる女性が先に母に話しかけて、前にある小瓶の蓋を取ってはコットンに中の液体を噴霧し、それを母の鼻先に持っていき、匂いをかがせ始めた。ところが何度そんなふうに匂いをかがせられても、母にはどれにすると決めかねるらしい。

そこで夏美が母の横に行って、

「なんだ。ここにいたの」

と声を掛けると、母は初め、しばらく呆然と夏美の顔を見上げていたが、そのあと照れたように顔を赤らめながら、

「ねえ、どれがいい？」

と訊ねてきた。

そこで夏美が、

「そうね。母さんの年齢なら香水よりオーデコロンのほうが匂いもきつくなくていいんじゃないの」

と言って、店員にオーデコロンの中で最も人気のあるものを紹介してもらい、母も、「じゃ、それを」と即座に言ったことから、それを買うことになったのだが、レジで包装してもらうの

を待つ母の後ろ姿を眺めながら、八十という年齢になって急にそうしたものを買う気になった、そのきっかけは何なのだろうと、それが夏美には気になって仕方がなかった。

　オーデコロンの入った袋を下げて満足げな母を連れてカートのところに戻り、レジで支払いを済ませてシルバーカーを置いたところへ向かっていると、母が突然、ソフトクリームを食べようと言った。しかたなく、母には抹茶入りのものを、自分はバニラを買ってフードコートのベンチに腰を下ろして食べていると、母が低い声でぽつりと言った。

「やっぱり買い物は夏美と来たほうがいい」

「えっ。どうして？」

「だって、ヘルパーさんと来ると欲しいものも買えないし」

「そんなことはないでしょう。言えば買わせてもらえるわよ」

「ううん。この前も、最近日差しが強いから日焼け止めクリームでも買おうかと言ってるのに、知らん顔をして化粧品の前を通り過ぎてしまうし、キムチがむしょうに食べたくなって、どれがいいかと選んでいたら、ニンニクは私、苦手なので、と言って、遠くから見ていて近寄ろうとしないのよ。それで、こっちも落ち着いて選べなくて、結局買わずに帰ってしまった」

「そうだったの。だけど、あまり辛いものは、父さんにはあまりよくないんじゃないの？」

「ということは、私は食べたくても我慢しろということ？」

「しかたがないでしょう、夫婦なんだから」

とたんに母は不機嫌になって口を尖らせたが、それでも一、二分もすると、またぽつりと言った。

「あの人、幾つだろう」

「あの人って、だれのこと？」

「佐野さん」

「ああ。そうね。何歳かしら。色が白くて、ぽちゃっとしてるから三十半ばにも見えるけど、四十前後、そんなものかな」

「三十半ば！　そんなに若く見える？　私には四十五、六に見えるんだけど。離婚して娘と二人暮らしだって」

「えっ。だれがそんなことを言ってたの？」

「父さん」

「へえー。そうなんだ」

いつの間に父さんと佐野さんとの間でそのような話が、と言いそうになって、夏美は慌てて口を噤んだ。何となく言わないほうがいいような気がしたのだ。

するると、母が言った。

「ねえ。ヘルパーさんって、替えてもらうわけにいかないのかね」

「えっ？　さあ。替えてほしいの？」

「うん」

「だけど、母さん、佐野さんのこと、随分気に入ってたんじゃなかった？」

「そんなことはないよ。随分ってことはない」

「そう？　確か、ほかのどのヘルパーさんより仕事が丁寧だって言ってたと思うけど。前のヘルパーさんは言わないとやらなかったけれど、佐野さんは、はたきをかけてから掃除機を動かすって」

「ああ。だけどそれは、何回か言って聞かせたら、ほかのヘルパーも、ちゃんとやるようになったよ」

母の頭の中では、いつかしら、佐野さんに対する不満が募っているようであった。

買い物を終えて実家に帰ると、佐野さんが父に入浴をさせる準備をしていた。

夏美はさっそく母にもエプロンをさせて、夕食の一品を作り始めた。買い物に付き添うようになった初めのころは、買って帰ったあと料理をすることまでは考えていなかった。ところがケアマネージャーから、料理は頭と指先を使うのでリハビリになるんですが、どうしても刃物と火を使うので時間があれば手伝ってあげてほしい、と言われ、またそれで時間を失うと思ったが、やらざるを得なくなった。

まず、冬瓜を食べやすい大きさに切って皮を剝き、皮目のほうに斜め格子《こうし》の包丁目を入れるところまでは、包丁を使うので夏美がした。しかし、そのあと、それをゆでて、ゆで上がったところで鶏肉を入れ、更に鶏ガラスープと調味料を入れるあたりは、母にやらせることにした。ところが、鶏肉を入れて鶏ガラスープを入れるまでは、これでいいの？　と夏美のほうを何度も振り返りながら何とかやっていたが、みりんと醤油を計るあたりから母の様子がおかしくなった。カップと計量スプーンを手にしてはいるものの、心ここにあらずといった感じで、すぐに手が止まるのだ。

浴室からは、いつものように父と佐野さんの賑やかな声が聞こえていた。

入浴の介助では、特に異性を介助する場合、わざと外に聞こえるよう、大きな声で話すことになっているのかもしれない。それにしても父がこんなにも機嫌がいいのはよっぽど、佐野さんのことが気に入っているということだろう。

そんなことを思いながらさらに母の様子を見ていると、バタンと浴室のドアを開け閉めする音がして、間もなく父がダイニングキッチンへやってきた。今にも鴨居《かもい》に届きそうな大きな体に白地に紺の縦縞が入った甚平を羽織り、杖を突きながらゆっくりと歩いて。

その視線が釘づけにされたように母のほうへ向けられているので、つられて夏美もそのほうを見ると、母はカップも計量スプーンもシンクの上に投げ出して、眉をつり上げ、唇を震わせて父を睨《にら》み付けていた。

夏美は、母のそのような顔を以前にも何回か見たと思った。

父は、七十歳で廃業するまでは、五人前後の従業員やアルバイトを使って印刷の仕事をしていた。酒は飲まず、たばこは吸わず、茶道や謡曲などの習い事が好きだったから、女友達はけっこういたらしい。それが原因だったのか、時々、家の中に刺々しく粘った空気が流れ、父と母との間で言い争う声が聞こえたかと思うと、母が唇の辺りをひくひくさせてシンクの前や縁側に立っていた。

翌々週の日曜日。夕方七時過ぎのことだ。

雨が降り、断続的に稲妻が走り、バシーンと空が割れたかと思うほどの音を立てて雷が鳴っていた。遠くでサイレンが鳴っている。多分、どこかに雷が落ちて火事にでもなっているのかもしれない。それにしても、最近の天気はどこかおかしい。夜まで猛烈な暑さが続くのかと思っていると、突然、稲光がし、雷が鳴って、激しい雨が降り始めたりする。これも温暖化の影響だろうか。

そんなことを思いながら、久し振りに夕食を共にするという次男のために何を作ろうかと考えながら冷蔵庫の中をのぞいていると、電話が鳴った。

受話器を取ると父で、

「母さん、そっちへ行ってないかね」

と言う。

「ううん、来てないけど、いないの？」

「うん」

「何かあったの？」

「うん、まあ」

「何があったの？」

「何って、何度もしつこく言うから」

「しつこい。で、どうしたのよ？」

「怒鳴ったら、あいつ、飛び出していった」

「ええっ。どこへ？」

「さあ。わからん」

「わからんって……」

「だから、おまえのところにでも行ったのだろうと思ってたんだが。……とにかく、来てくれんかね」

「わかったわ。すぐに行くから」

急いでエプロンを外し、テレビゲームをしている次男に言った。

「ばあちゃん、いなくなったみたい。ちょっと行ってくるわ。遅くなったら、冷蔵庫の横の籠にあるレトルトのカレーを温めて食べて」

「ええー。またカレーかよー」

体を反り返らせて不満そうに言う息子に、

「仕方がないじゃないの、こんなときは」

思わず怒ったように言って家の外へ出てみると、雷は遠くへ去ってくれたようであったが、相変わらず太い雨が地面を叩きつけるように降っていた。

「これじゃ、自転車で行くわけにもいかないし……」

傘を取りにまた家の中に入ったが、思い直して車庫から自転車を引き出した。本当は、そのような雨の中ではできるだけ乗りたくないのだが、歩いて行くと父母の家まで、十分以上はかかる。

次男がまだ小学生だったころは、雨が降ろうが風が吹いていようが、通勤も塾への送り迎えも自転車だった。しかし、中学生になったころから、合羽を着てまで乗ることはないと思うようになった。中で蒸れて気持ちが悪かったし、何かしら自分が惨めに思えたからだ。

しかし、今はそんな悠長なことを考えている余裕がない。それに、母を捜すには自転車のほうが効率がよいと思った。

合羽を羽織り、走り出すと、たちまちズボンの裾が濡れ、靴の中にまで雨が入り込んだ。時々、空が光り、遠くで雷が鳴っている。人家の途絶えるところでは足もとが暗く不安で、こんな思いをするのも父と母のせいだと思いながら、

「全く、いい年をして、困ったもんだわ」

ぶつぶつ独り言を言って実家に入っていくと、ダイニングキッチンのテーブルの上には、弁当の食べ終わったものや食べかけのものが片づけられることもなく置かれていて、父は横の和室で大相撲のテレビ放送を見ていた。

なによ、ひとを呼びつけておいて、呑気なものよね。

腹が立って、

「もう、どうなってるの？」

と、父にもことわらずにテレビを消し、それでも、横に座って改めて話を訊いてみると、事の発端は、前の日に姉から送られてきた白桃だった。

前の日、夏美は午後から、母と一緒にショッピングモールに行っていた。母が夏物のパジャマとブラウスを買いたいと言うので、品揃えの豊富な店のほうがよいだろうと、そこまでタクシーで出掛けていたのである。ところが、生地やデザインは気に入っているが色が今一つ、などと言って、ブラウスのほうがなかなか決まらない。疲れて、今日は父さん入浴の日だったわね、だから、父さんのことは佐野さんに任せておけばいいんだけど、ただ、もう四時になるし、そろそろ帰らないと、と言って急かして、そのあと夕食用の弁当などを買って帰ると、父はしじら織りが涼しげな紺色のパシャマ姿でキッチンテーブルの椅子に座っていた。

こんな時間だし、おなかが空いているのかもしれないと思い、買ってきた弁当を広げようとすると、父が言った。

「春香が荷物を送ってきたぞ」

見ると、なるほどシンクの上に、桃の絵が描かれた大きな箱が載っている。そこでさっそく封を切ろうと、夏美が居間の長火鉢の引き出しにあるカッターナイフを取りに行こうとすると、

「蓋なら開いてるよ。留美子さんに開けてもらった」

再び父が言った。

半月ほど前、ふと気がついたのだが、父はいつからか佐野さんのことを「留美子さん」と呼ぶようになっていた。夏美も母も「佐野さん」と、上の名で呼んでいるのに父だけが下の名で呼んでいたのである。

そこで蓋と、さらにその下のスポンジ状の白いシートをめくると、甘い匂いが生暖かい空気と共に立ち上って、編み目のキャップに包まれた白桃が現れた。産毛に覆われた赤子の頬のように赤々としていて清らかで、形もどことなく赤子の尻を思わせ愛らしい。

「三個少ないのは、留美子さんに持たせたからだ」

父がまた言った。

そのときふと気になって夏美が母を見ると、母は唇の端を歪めて、

「えっ。それは、また、よく気が付いたものですねえ」

と、皮肉っぽく言ったが、それ以上は何も言わず、夏美も三個もらって家に帰ったのだ。ところが、それから一日たった今日の夕食どきに、母がねちっこく言い始めたのだという。

「どんなことを？」

「………」

なかなか言おうとしない父に、聞いておかないと母さんが見つかっても何と言って連れてきたらいいかわからないでしょう、などと言ってしつこく訊いてみると、母が言ったこととは次のようなことであった。

私が帰ってからでも遅くはないでしょう。どうして開けたんですか。なんであの人にあげたんですか。ええ、わかってますよ。あなた、あの人のこと好きなんでしょう。だったら、独り身だそうですし、いっそのこと、あの人と一緒になられたらどうです？　私のことならご心配なく。どこへでも行きますから。いえ、川へ入って死んでもいいんです。

「へえー。それで父さん、どう言ったの？」

「どうも言わんさ、ばかばかしくて。だけど、いつまでもそんなことばかり言ってるから、腹が立って思わず、ああ、じゃ、そうするよ、と言ったら、恐ろしい目で俺を睨み付けて、ぷいっと外へ飛び出していった」

「何時ごろ？」

「そうだな。晩飯を食べていたときだから、五時過ぎ、そんなものじゃなかったかな」

「ふうん。じゃ、まだ雨が降ってないころね」

「うん。で、てっきりおまえのところだろうと思っていたんだが、そうじゃないと言うから、すぐに町内会長の中田さんに連絡しておいた。だから、多分、今ごろは捜してくれていると思うんだが、おまえも、頼むよ、捜してみてくれ。俺はこんな体だから、よう歩けないし」

「それはそうよ。その体では無理よ」

「それに、あいつが帰ってきたときに、だれか家にいないと」

「うん。父さんは家にいたほうがいい。それにしても、この雨の中、どこへ行ったんだろう、母さん。まあ、どこかで雨宿りしてるんだろうけど。とにかく、そのへん、捜してみるわ」

と言って急いで玄関へ行き、靴を履こうとすると、脱いだときには気持ちの余裕がなくて気がつかなかったのか、甘やかな匂いが鼻先を掠めた。何だろう？　夏美は立ち上がって首を傾げた。が、すぐに、それと気がついた。一週間前に母が『やなぎ屋』のテナントで買ったオーデコロンの匂いであった。香水より軽めだからと言って買わせたのであったが、けっこう強く、まとわりついてくる。

「へえー。家にいるときまでオーデコロン使ってるんだ」

あきれたように呟いて、夏美はドアノブに手をかけた。

それから後ろを振り返り、父に聞こえるような声で言った。

「まあ、おしゃれも喧嘩をするのも自由だけど、それで私を呼び出すのは、できるだけ、やめてほしいのよね。だって、私、三十代で独りになってるのよ。おしゃれをする余裕も喧嘩をする相手もいないんだから」

そして、ドアをぐっと押し開けると、家に入るときに脱いで自転車の籠に入れておいた合羽を再び羽織り、雨が激しく降り続ける夕闇の中へ走り出していった。

たくあん

テレビはいつしか深夜番組を流していた。乾いた声の司会者が、何やらけたたましく話し続けている。さほどの話題でもないものを、やたら騒ぎ立てている感じで、そのくせ話はめまぐるしく次から次へと移っていく。

多恵《たえ》は、縫っていた着物を脇へ置くと、テレビの音量を落としに立った。再び仕立板《したてばん》の前に戻り、座りながら柱時計に目をやる。時刻は十二時を、もう大分過ぎている。

「克子《かつこ》のばかが。こんな時間まで何をしているんやら」

思わず独り言が出た。

次女の克子が夕食後、「ちょっと本屋へ行ってくるわ。それから、もしかしたら人と会うかもしれない」と言って出ていったきり、いまだに何の連絡もしてこないのだ。

身頃《みごろ》の裾を縫っていると、足もとでこおろぎが鳴き始めた。リーリーと、今にも消え入りそうな声である。気が滅入りそうで縫い針の先へ心を集中するようにしていると、突然近くで地響きとともにエンジン音が起こった。オートバイのようだが、騒々しい音を立てて前の道路を走り抜けていく。しばらくすると引き返してきて、再び前と同じ方向へ走り去った。

克子の説明では、車のどこかを改造したり、わざと道路とタイヤの摩擦を大きくするような運転をしているのだろうということだが、そんなふうにして欲求不満を解消しているのか、それとも自分の存在を他に示したいのか……。

最近、この近くにもワンルームマンションというものが建った。さっそく当世風《とうせいふう》のスタイルをした若者たちが入居したが、その駐車場に、跨《また》がることさえ大変そうなばかでかいオートバイが何台も並んでいる。多分その内の一台だと思うのだが、これでは寝入りばなを襲われて不愉快な思いをしている人も少なくないだろう。

異常な物音に、向かいの家の犬が吠え始めた。唱和するかのように、少し遠くでも吠えている。

多恵は裾を縫い終わって、針を針山に納めた。背筋を後ろに反らし、首を左右に曲げる。こぶしを作って両肩を五、六度とんとんと叩いた。それから、おもむろに立ち上がると、縫い終わった身頃部分を衣紋掛《えもんか》けに通し、次の間との境の長押《なげし》に掛けた。布のしわを伸ばして、裾の下がり加減を眺める。

♪　庭の松虫音《ね》をとめてさえ　もしや来たかと胸さわぎ

最近、覚えた都々逸《どどいつ》が、無意識に口を衝いて出た。今日はそれほど、褄《つま》の形も、表地と裏地の加減も、うまく仕上がったのだ。

後ろへ下がって、全体を眺めた。優しく上品な訪問着で、薄いピンクのちりめん地に茶屋辻《ちややつじ》文様が藍の濃淡を主調に描かれている。結婚間近の娘さんのもので、つい先日は喪服を縫い上げ、このあと続いて無地、小紋、羽織と縫うことになっている。

これだけのものを支度してやるのはなかなか大変なことだろうと、多恵は親の気持ちを思いやる。多恵もまた、ここ十数年ばかりの間に二人の娘を嫁がせた、その経験から、そう思うのだ。

そうした思いをして送り出したのだったが、上の娘の優子は三十三の厄年に交通事故で夫に先立たれ、今は二人の子を抱えて、昼は保険の外交員、夜はスナックのアルバイトをして生計を立てている。すっかり日焼けして体も細くなり、和服に袖を通すどころではない毎日であるらしい。下の娘の克子のほうは二年前に離婚し、子がなかったのがよかったのかどうなのか、今はこの借家に住んで、多恵と寝起きを共にしている。

多恵はもともと、克子のその結婚には不安を覚えていた。相手の男は外車のセールスマンということだったが、三十五歳にもなっていてまだ独身というのは気味が悪い。ポケットの中に大抵万札が数枚入っていて、金払いがよいというのも気掛かりだった。そういう男は、遊んでいる分にはいいかもしれないが、結婚するとなるとどうだろう。

けれども、すっかりのぼせてしまった娘を説得することはできなかった。案の定、男は結婚後も家を顧《かえり》みることなく遊び歩き、計算もなく金を使った。

あれは、多恵がまだ長男の光一《こういち》一家と一緒にN町の家に住んでいたころのことだ。なかなか寝付けず、右に左に寝返りを打っていると、頭にしている窓のほうでコツンコツンと音がした。多分、風に煽られた金木犀《きんもくせい》の枝が窓のガラスを打っているのだろう。そう思いながら、布団を耳の辺りまで引き上げたとき、

「かあさん」

今度は声がした。

はっとして起き上がり、布団の上に座って耳を澄ましていると、また小さい声が「かあさん」と言う。

窓の障子を開け、外へ目をやると、ガラス戸の向こうに黒い影が立っていて、目を凝らすと克子だった。

「あら、克子じゃないの。どうしたの」

急いで玄関へ回り、ドアの鍵を開けて向こうへ押し開くと、入ってきた克子は、足もとはよろけ、唇も震わせて、

「鍵を掛けて、早く」

と怯えた声で言うと、そのまま上がり框に倒れ込んでしまった。抱き起こし、炬燵まで連れていって背中に毛布を掛けてやったが、体ががたがた震えている。

やがて、克子は炬燵に顔を付けたまま、ぽつりと言った。

「もういや。もう我慢できない。かあさん、今度こそ別れるから」

事の起こりは、そのみつき前に死亡した多恵の夫の誠三《せいぞう》が克子に渡した金であった。

死を覚悟した誠三が克子を枕もとに呼び、

「苦労してるんだろう。これは、よく看病してくれた、その礼の気持ちだ」

と言って渡した三十万円である。それを男がひったくるようにして持って出ると、競馬や何やで二、三日で使い果たしてきてしまったというのである。

「そりゃ、そんなことは今までにも何度となくあったよ。金額にしても、もっと大きいこともあった。でもね、今回は違う。あれだけは、とうさんがくれたお金、ほかのお金とは違うんだから。ねえ、かあさん、そうでしょう」

殴られたのだろうか、目の下を黒くして克子は言った。

結局、別れる話になり、苦労して買い求めた土地家屋も売却し、ローンを払えば残る財産は微々たるものであった。それを二人で折半し、克子はそのお金で今住んでいる借家の仲介手数料や敷金を払った。


多恵がこの家で寝泊まりし始めたのは、克子のほうでそうしてくれと頼んだからではない。多恵が、克子を一人にしておけないと思ったからだ。

「あの子が元気を取り戻すまで、せめて夜だけでも一緒にいてやりたい」

多恵は光一にそう言った。

それが、いつの間にやら二年が過ぎ、今では、この家に本拠があって昼は孫の面倒を見るために光一の家に出掛けるという、まるで勤め人のような生活をしている。

多恵が泊まり始めた当初、克子は、表面は平静を保っていたが、心はずたずたのようであった。不眠や頭痛が続き、そのうち腰痛すら訴えた。それまで勤めていた幼稚園にも居づらくなったか、小さな電子工場に職場を移したが、そのために収入は減り、残業しなければやっていけなくなった。毎夜七時八時に帰ってきて、ほとんどものも言わずにぐったりとなって床に入った。今日のように街に出ていけるようになったのは、離婚届も済ませて半年以上もたってからである。

オートバイの爆音は聞こえなくなり、周囲は虫の声だけになった。

多恵は再び仕立板の前に座り、立《た》て褄《づま》を縫い始めた。そこまで縫うことは予定外であったが、何もしないで待っているのは、多恵の性格上、できない。

多恵の体には一度メスが入っている。前期の子宮癌で、幸い手術のほうはうまく行ったが、ただ、その後のコバルト照射で腸が潰瘍《かいよう》になってしまった。出血が続き、今でもときどき、特に心労がひどいときに下血《げけつ》が始まる。そんな体だから、とにかく無理をしないようにと光一や娘達はくどいばかりに言ってくれるが、多恵にしてみれば、テレビを見たり、ごろごろ横になっていると、それこそ体がおかしくなってしまう。何でもいい、体を動かし、ことに仕立板の前に座ると、体に淀んでいたものは消え去り、気持ちもしゃんとしてくる。

みぞおちの辺りに不快感を覚えた。いつもなら遅くとも八時ごろには摂《と》っている夕食を、まだ摂っていないからだと気がつき、多恵は針を休めて台所へと立っていった。

台所の食卓の上には、克子が帰ってきたら一緒に食べるつもりで作っておいた魚の煮つけや根菜の煮物などが皿に盛り付けた形で並んでいた。それらを食べてもよいのだが、間もなく寝るのだと思うと、ちょっと重すぎる気がした。

そこで、茶碗にご飯を軽く盛り、刻み海苔と梅干しを一つ載せ、上からお湯を注いだ。

居間に戻って、それをすすりながらテレビのほうに目を投げると、番組はまた変わっていて、今度は古い時代劇の映画が流れていた。

茶漬けを食べる間に、たくあんをつまんだ。たくあんは、多恵自身が選んだ大根を入念に漬け込んだものだ。それをゆっくりと嚙んで味わいながら、多恵はふと、自分が果たして克子のためだけにこの家に寝泊まりしているのであろうかと考えた。


「おばあさん、今日はこっちの家に泊まりなさいよ」

甲高く纏《まと》わりつくような物言いが、多恵の耳に戻ってきた。昨夕、光一の家で孫の洋平《ようへい》が、膝から離れようとせずにそう言った。

「ありがとう。ほんとね。おばあちゃんも本当は泊まりたいの。だけど、今日はちょっと駄目。

向こうでしなければならない仕事がまだ残ってるから」

と、多恵は答えて、洋平を膝から下ろし、逃れるように出てきたのだが、赤子のときから世話をしてきた洋平である、かわいい声でそんなふうに言ってもらうと、涙が出るほどうれしい。

洋平に言われるまでもなく、克子も今では体調は戻り、笑顔も見せるようになった。一人にしておいても、もう心配はなかろうと思える。だから、多恵が、なにも毎日、光一の家とこの家の間をあくせく行き来することはないのだが、多恵は嫁が帰宅すると、そうしなければならないかのように、そそくさと飛び出してしまう。道すがらスーパーに寄り、夕食と明日の克子の弁当のために買い物をし、鍵を開けてかび臭いこの家に入るのだが、それでもそれが嫌にならない。吹雪の中を出てくるのも、降り積もった雪を掻き分けてこの家に入るのも苦にはならなかった。むしろ、ほっとして解放感を覚える。

嫁はよくできた人で、多恵にも優しく丁寧に対してくれる。洋平と同じく泊まるように言い、夕食を一緒にすることを勧める。食膳は洋平が愛嬌を振りまき、賑やかで楽しい。だが、多恵は、食事こそ一緒にしても何かしら落ち着けず、結局夜はこの家に戻ってしまう。

この家に戻り、仕立板の前に座ると、多恵は、やっぱりここが自分の居場所だと思う。台所に立つと、この仕事を自分から奪わないでほしいと思う。

多恵は元来、台所に立つのが好きである。何十年してきたことだが、いまだに飽きるということがない。味付けに盛りつけにあれこれと心を配り、それを食べてもらっておいしいと言ってもらうのが、いつの間にか生き甲斐になっていた。それが、嫁が来て間もなく台所に立てなくなった。多恵自身、息子には嫁の手になる味を食べさせなければと思い、身を引いたのだが、それ以来、多恵は夕べを手持ち無沙汰に過ごさなければならなくなった。それが、克子のために食事を作ることになって、息を吹き返せたような思いになったのである。

自分の漬けたたくあんを心置きなく味わえるという、そのことも、夕べになるとこの家へ戻る理由のようであった。

誠三と一緒になって、多恵は必ず食膳にたくあんを出すようになった。多恵自身で漬けるようになって自分好みの味にしているからということもあるが、たくあんを誰はばかることなく食べることができるという、そのことが、多恵にとって、そこが安住の地であるかどうかを判断する一つの目安でもあったからだ。

年暮れ、多恵は大根を吟味し、塩加減に気を遣い、とうがらしや昆布などを入れて二つの樽《たる》にたくあんを漬け込む。それを春から少しずつ出してきては、ゆっくりと味わう。こつこつと噛みしめる。

それが嫁が来てからというもの、ちょっとそうはいかなくなった。音を抑えるように口をもぐもぐ動かし、いい加減のところで飲み込まなければならない。少しでも音が出ると、嫁の頬の肉がぴりっと揺れて、その耳が多恵のほうへそばだてられるような気がするからだ。

が、克子の前では、そんな気遣いは要らない。たとえ克子があきれたように多恵を眺めていても、何よ、とその目を見返し、なおのこと音高く嚙んでみせればよいのだ。たかがたくあんぐらいのことで、と他人は笑うかもしれない。しかし、多恵がそのことにそんなにもこだわるのは、それなりの理由があったのである。

誠三のところへ嫁いだとき、多恵は初婚ではなかった。一年足らずではあったが、別の男のところへ嫁いでいた。

多恵は娘時代、いわゆるハイカラさんであった。パーマがはやると聞けば逸早《いちはや》く黒髪を切ってパーマをかけ、洋服も靴も誰よりも早く身に着けて近在の若者の目を見張らせた。隣村の青年、義一郎《ぎいちろう》がそんな多恵を見初《そ》め、どうしてもと請われて嫁いだのは多恵が十八の時である。

義一郎は背が高く、鼻筋も通り、まるで歌舞伎役者のようにいい男であった。酒はほどほど、遊びはやらず、役場勤めから帰るとすぐに田に出るという働き者であった。

夫としては申し分のない男であったが、それだけに姑の義一郎への気の入れようは普通ではなかった。若くして夫を亡くし、息子の成育のみを生き甲斐にしてきた女には、嫁は縄張りを荒らし自分を追い出そうとする闖入者《ちんにゅうしゃ》のように思えたのかもしれない。事ごとに辛く当たってきた。

田仕事のときが最もひどかった。嫁ぐまで一度も田に入ったことのない多恵は、田植えにおいても遅れがちであった。おまけに植え込みが浅過ぎたり本数が少なかったりで、植えた後から姑に植え直される。

「器量は二の次。百姓の嫁は、まず田仕事ができることや」

田植えの手助けに来ている近所の女達の中で、姑は多恵に聞こえよがしに言った。

田から上がっても食事の用意はさせてもらえず、風呂を焚《た》くのが多恵の仕事であった。ところが、多恵は火を点けるのが苦手で、なかなか薪は燃え上がってくれず、そうこうするうちに家中を煙らせてしまう。

「あんたのおっかさんというのは評判のしっかり者だが、火を点けることさえ教えんかったがかいね」

そこでまた皮肉られて、結局風呂の焚き口も姑に取られてしまった。

食膳は多恵の里の家ほど賑やかではなかった。野菜の煮物が多く、味付けは薄過ぎる。自然、多恵は食事をたくあんで進めることが多くなった。

たくあんなど、多恵は娘時代、あまり食べたことがなかった。里でも色良く柔らかそうなたくあんが膳に上ってはいたが、そんなものに手を付けなくても、肉や魚など、多恵の好きなものがいろいろと並んでいた。

姑の前でたくあんを噛みながら、多恵は母が恋しかった。里の家に帰りたかった。

「それにしても、その音、どうにかならんかね」

と姑が言った。

多恵が手と口を止め、言葉の意味を解しかねていると、

「いくらたくあんが好きだといっても、まるで馬が草でも嚙んでるみたいに、ぼりぼりぼりぼり」

呪文でも唱えるかのように言って立ち上がり、自分の使っていた食器を流し台に持っていくと、姑は居間に入ってしまった。

その年初めての雪がうっすらと庭に降り掛かっていた朝であった。多恵は火鉢に火を移そうとして、手が凍えていたのか火箸を滑らせてしまった。そのときなぜか、すぐそばに姑の膝があった。

「何するがいね」

姑は叫び、即座に火箸を取り上げると、多恵に向かって投げ付けた。火箸は多恵の手に当たった。熱くはなかった。少し痛かっただけであった。

多恵は姑を見た。姑も多恵を見た。姑の目はおどおどしていた。とっさにそういう行動に出た自分が、姑自身恐ろしくなったのであろう、伏し目がちに多恵を窺っていたが、何ともないと見て取ると、黙って奥へ引っ込んでしまった。

その夕方、多恵は家を出た。義一郎の帰宅を待たずに、着の身着のまま、里のほうへ歩き出してしまったのだ。

あの頃のことを、多恵はあまり思い出したくない。

義一郎のことは嫌いではなかった。

「お義母さんと別居さえしてもらえれば戻ってもいい」

迎えに来た儀一郎に多恵はそう言った。

しかし儀一郎は、母を一人にはできないと言った。

いつまでたっても堂々巡りで、結局くたくたになって別れたのである。

そんな多恵に対して実家の母は、意外にも冷淡であった。

「何も教えてなかったように言われて恥ずかしてならんねけ」

と言うのである。そして、いたわることもなく雪下ろしを命じ、強い日差しの中を田仕事に突き出した。周囲の目は勿論痛かったが、母の思いがけない態度は、いやでも多恵に自分が出戻りであることを自覚させた。

農家の四男で鉄鋼所勤務の誠三との縁談をほとんど交際することもなく多恵が承諾したのは、母のそんな冷たさから逃れるためであったかもしれない。

誠三との間には、間もなく優子が生まれ、その十年後に光一が、さらに年子で克子が生まれた。

「別に、こっちにいなきゃならんなんて考えなくてもいいからね。私のことはもう心配しなくても大丈夫。一人でいるのは、もう、慣れたし」

克子がそう言ったのは今年、田んぼに水が入り始めた頃である。毎朝勤め人のように出掛けていって洋平の世話をし、夕方には戻る多恵の生活に、それが自分のためなら、もうその必要はないという意味である。

「でも、残業が多いし、帰ってきてから夕食作るの大変でしょうが」

と多恵が聞くと、

「別に。そのときはそのとき、手早くできるメニューを考えるから」

克子は問題なさそうに言う。

「そう」

多恵は曖昧に笑い、その場はそのままやり過ごしたが、今にして思えば、ちょうどその頃、克子は夏樹《なつき》と付き合い始めていたのではないかと思う。

夏樹は同じ会社の従業員ということであったが、会ってみると、こざっぱりしたものを着て、さわやかな微笑を浮かべ、受け答えの素直な青年であった。克子は、と見ると、いつになく弾んで、夏樹とは短い言葉で応酬し、女学生のようにころころ笑い転げている。

仕立板の前に座って浴衣を縫いながら、多恵は、安堵と少々の当惑を覚えてちらちらと克子を観察していた。

この二年、そんな健やかさも明るさも、多恵はついぞ克子に見たことがなかった。たまに話せば低い声でぼそぼそと短い言葉を吐くだけだったのに、その克子が今、夏樹と並んで華やぎ、揺れている。

仕立板の上を片付け、まだ食事前だという二人のために、多恵は台所に立っていって、ありあわせのもので昼食を作った。その料理を、親もとを離れて一人アパートに暮らしているという夏樹は、うまいうまいを連発し、きれいに平らげてしまった。

多恵自身、気に入った青年だった。だが、多恵は克子に、夏樹との交際をやめるように言わなければならないと思った。克子は二十九歳、夏樹は二十四歳である。その上、克子は一度結婚に失敗し、夏樹はまだ結婚の経験がない。

長女の優子は、

「最近では、そんなこと、あまり問題にしなくなってるみたいよ」

と言った。二人の間で年齢のことも過去のことも納得し合えているのなら、じっと眺めていてやればいいじゃないのというのである。

だが、多恵は、そうはいかないと思った。

多恵は、昔自分が克子と同じ状態にあったとき、母が自分に対して取った態度を克子にも取ろうとは思わない。その痛みが分かっているだけに、できれば山葵田《わさびだ》の上の黒い日覆《ひおお》いのように、上からゆったりと日差しを和らげてやる庇護《ひご》者でありたい。そして、そういう気持ちからすれば、克子の夏樹との付き合いは口出しをせず眺めていなければならないものだったのだろうが、多恵はどうしてもそこに、最初の男とはまた違う不安を覚えた。

「話の様子では、親御さんもしっかりした方のようじゃないの。家も、兄さんの家の隣にすでに土地が買ってあるとか。そんないい話だもの、夏樹さん、いくらでもかわいいお嫁さんをもらえると思うよ。ここはやはり年上の女として、分別ある態度を取ってほしいと私は思うんだけど」

壁のほうを向いて持ち帰り仕事をしている克子の後ろから、多恵は独り言でも呟くかのように言った。

克子は操作盤のコネクターとかというもののはんだ付けをしていたが、首から肩が一瞬硬直したのを、多恵は見逃さなかった。

克子はそれっきり夏樹を連れてこなくなった。その代わりのように、ふらりと出ていき、ときには酒のにおいをさせて帰ってきた。

多恵は、そろそろ克子に縁談を持ち出してみようかと考えている。そういう話は今年に入っていくつも来ているのだが、持ち出して、かえって滅入らせてはと思い、多恵のところで止めてきていたのだ。

多恵自身は再婚してから、決して平穏な生活を送ってきたわけではない。

誠三は優子が生まれて間もなく、朝鮮総督府刑務官の試験に合格した。鉄鋼所へ弁当を届けに行った時に溶鉱炉の前で汗だくになって働く誠三を見てからというもの、多恵は誠三にもう少し体の楽な仕事への転身を勧めていた。それが実現したのである。初任地は、朝鮮半島の付け根にある新義州（鴨緑江を挟んで中国の丹東《たんとう》と向かい合う国境の町）ということになった。

誠三と反りの合わない多恵の母は、

「なにもそんな遠いところへ、おまえまで行くことなかろうが」

と、繰り返し引き止めようとしたが、多恵はきっぱり、誠三に付いていくと言った。

家族が離れ離れに暮らすのは子育てのためにもよくないからと、まるで優子のためでもあるかのような言い方をしていたが、本当は多恵自身、こんな狭いところで窮屈な思いをして暮らすよりも海を渡った大地でのびのびと生きてみたいと思っていたのである。

新義州での生活は、多恵のそうした思いを裏切らなかった。近隣の官舎の女達の使う言葉は、それまで耳にしていた村の女達のそれよりも耳に快く、声も一オクターブは高い。俸給は、生活費を十分差し引いてもまだ貯金ができる額だった。

これでようやく母にも面目が立つと、里帰りを考えていた矢先、誠三に召集令状がきて、その半年後には敗戦となった。

また一からのやり直しである。

向こうで買い求めた家具や什器《じゅうき》も、内地から持っていった着物も、何もかもを捨てて命からがら引き揚げ、里の家に身を寄せたものの、母と、その後復員してきた誠三との確執《かくしつ》は以前よりもさらに深まり、家を建てて出るまで気苦労は大変であった。

その上、その頃から、多恵は誠三の酒に悩まされるようになった。もともと胃腸は弱いほうだったのだが、刑務官という仕事柄、気苦労も多かったのだろう、飲むと悪酔《わるよ》いをし、多恵はその始末に泣かなければならなかった。胃潰瘍の手術をして酒をやめ、ようやく多恵はその地獄から逃れることができるようになったが、何度、子供達を引き取り別れようかと考えたことだろう。

克子が中学校に入った頃のことであった。その夜も多恵は、ふらりと出て行った誠三を待って縫い針を動かしていた。十時過ぎごろであっただろうか、誠三の行きつけの飲み屋から電話がかかってきた。出ると、そこのおかみで、誠三が酔って暴れ出し、手に負えないから来てほしいという。

「すみません。すぐに迎えに参ります」

多恵は、縫い針をしまい前掛けを外すと、人通りのない夜道を飲み屋へと急いだ。山に雪が来たせいか、ショールも掛けずに出た肩に寒さが染みる。

飲み屋ののれんをくぐると、誠三はカウンターの真ん中辺りに突っ伏すような姿で寝ていた。

「申し訳ございません。ご迷惑をおかけして」

おかみに詫びを言ってから、多恵は誠三の肩に手を掛けて言った。

「さあ、おとうさん、迎えに来ましたよ。一緒に帰りましょう」

ところが、ゆっくりと顔を上げた誠三は、多恵のほうへ不機嫌な目を投げると言った。

「何？　帰る？　なんで？」

「なんでって、もう十分に飲んだんでしょう」

「いや、まだ十分には飲んでいません」

「そうなんですか」

「そうです」

「だけど、寝てましたよ」

「いや、寝てはいません」

「寝るのなら家に帰って寝てください。ここで寝ててはほかの方にご迷惑でしょう」

多恵がなだめ諭《さと》すように言うと、

「うるさいな。そんなこと、わかってるよ」

しだいに声を荒らげると、誠三は椅子から立ち上がった。そして血走った目をして多恵をにらむと、今にもぶたんばかりに右手を振り上げた。そのとき、

「やめなさい」

低く抑えた声がして、誠三のその手を後ろから摑んだ人があった。

「何だい。貴様は」

誠三は後ろを振り向くと、摑まれていた手を振りほどいた。そして、今度はその人に向かって体ごとぶつかっていこうとした。

「やめて」

多恵は後ろから抱きつき、誠三の体を夢中で引き止めた。すると、

「大丈夫ですか。何でしたら一緒に送りましょうか」

その人が言った。見ると、ほっそりとした体を白いワイシャツと濃紺の背広で包み、勤め帰りに同僚とちょっと立ち寄ったといった感じの客であった。だが、その顔に多恵は見覚えがあった。髪には白いものが交じり目尻にも幾本かのしわが刻まれてはいるが、忘れもしない先夫の義一郎であった。今では市役所で部長の地位にあると聞いている。

「いえ、結構です。私一人で大丈夫ですので」

あわてて目を伏せた多恵に向かって、

「多恵さんじゃないか」

義一郎が言った。

「えっ、いえ……」

「そうか。……そうだったのか」

改めて見詰めてくる義一郎の目を避けて、多恵は誠三の後ろで身を低くした。それから、

「さあ、帰りましょう。きっと悪酔いしたんですよ。このところ、ずっと仕事が忙しかったから」

そう言って、誠三の体を店の外へ一気に押し出し、後ろ手で店の戸を閉めた。

千鳥足で歩き、ときどきわめき、もたれかかってくる誠三の腕をつかみながら、多恵は月光

に浮かぶ自分と誠三の影をじっと見つめて歩いていた。泣きたいような、笑いたいような、自分でもよく分からない感情を抱きながら。

今、自分が再婚を勧めて、果たして克子が幸せになれるかどうか、多恵にはそれは答えられない。

けれども、多恵はこの頃ときどき、自分があと何年生きられるだろうかと、そんなことを考える。そして、そのときには決まって、自分の生きているうちに何とか克子の生活を固めなければ、と思う。

今持ち込まれている縁談は、三年前に妻に先立たれたあと娘一人と暮らしてきたが、その娘も間もなく結婚して家を出るという会社員との話で、再婚相手としては悪くない話のように思われた。

立て褄を縫い終わって、多恵は針を針山に納めた。指抜きを外すと、座ったまま首を回した。背筋がつり、肩も凝っている。

時計を見ると、もう一時を過ぎていた。

「こんなに遅くまで何をしてるんやら」

思わず、口を衝いて言葉が出た。たまに遅くなることはあったが、それでも、ここまで遅くなったことはない。

耳を澄ますと、辺りはすっかり眠りに落ちたようであった。ただ、さきほどと同じところから、リーリーと虫の声だけが聞こえている。

もう、それ以上、針を持つ気にはなれず、弾みをつけて立ち上がろうとした。その瞬間、膝にツツーと痛みが走った。この頃、ときどきこんなふうに膝が痛む。

たんすに寄り掛かり痛みの鎮まるのを待って、多恵はそろそろと外へ出て行った。

外は月夜であった。澄み渡った星空の下で、家々は黒く小さくうずくまっている。

克子は今どこにいるのだろう、と多恵は思った。遠くへ目を伸ばすと、その辺りだけかすかに赤く染まっている空があった。あの空の下にいるのだろうか……。

やっぱり近いうちにさっきの縁談を持ち出さなければ、と多恵は思った。それでもし話がまとまれば、そのときには自分は再び光一一家と寝起きを共にしなければならず、そうなると、たくあんを嚙む音も慎しまなければならなくなるのだが、それでもやはり、そうしなければなるまい、と多恵は自分に言い聞かせた。

多恵は、腰に手を当てて、ゆっくりと体を後ろへ反らせた。反らせているつもりだが、そうではなくて、この頃ではむしろ猫背になっていることを多恵自身、知っている。階段を滑り落ちてからというもの、治療はしたのだが、背筋がぴんと伸びない。こんな姿じゃ、昔はハイカラさんで、引く手あまただったんだ、と言っても、だれも信用するまい、と多恵は思った。

タクシーが一台、スピードを落として近づいてきた。多恵の目の前で停まって、克子が降りて来た。

「おやすみなさい」

車の中へ向かって、克子は言った。

「おやすみ」

低く抑えた声が車の中から返ってきた。

動き出して遠ざかっていく車の中を多恵が窺うと、後部座席に一人の男の姿が透けて見えた。

「どなた」

多恵は克子に尋ねた。

「ええっ、ああ」

克子が言った。「見ての通り、男の人よ」

笑いながら玄関へと向かう克子の後ろをついていくと、かすかに酒と、克子の吸わない煙草のにおいがした。

あきつ流るる……

列車がホームを離れると、窓に雨滴《うてき》が張りついてきた。こぬか雨で、列車に乗り込んだあと降り始めたらしい。張りついては斜め後ろに流れ落ちていく雨滴と、それによって歪む風景を眺めながら、裕子《ゆうこ》は、やはり出掛けてこないほうがよかったかもしれないと思った。気乗りしないのに何も出席することはなかったのだ。しかも、そのために黒の礼服を新調してまで。

三ヵ月前の六月下旬、ＪＭ社から大型郵便が届いた。

株は売却したし、今ごろ何を言ってきたのだろう。

開封すると、今年はＪＭ社にとって創立五十周年ということで、記念行事の一環として在職中に亡くなった社員の合同法要を営むという案内だった。日時は九月二十八日の午前十時から、場所は福野町の本福寺でということで、招待状と出席の有無を問う葉書が同封されていた。

裕子は、出席するか否か、すぐには結論を出せなかった。

ＪＭ社は、夫の彬《あきら》が亡くなったあとも手堅い経営姿勢を貫いてきた。バブル崩壊にもほとんど揺るがなかったようで、今年も納税額では北陸三県で十位の中に入っていた。数ヵ月前には社屋を増築したそうだし、隣県の同業会社を吸収合併する話も進んでいると聞いている。ＪＭ

社の発展を信じそのために努力していた彬の気持ちを考えると喜ばしいことだ。法要にはぜひ出席して、その様子などを仏前で報告するのが遺された人間のあり方かもしれないと思った。葬儀のとき、あるいはその後もいろいろと力づけてくれたＪＭ社の人々に、お蔭でその後何とかやっていますと報告がてら挨拶をするいい機会だとも考えた。けれどもその一方で、ためらいも覚えた。出席すれば、嫌でもあの、途方に暮れた十年前を思い出させられるのではないかと怖かったからだ。その後何とかやってはきたものの、後ろめたいことが全くなかったわけではない自分を見透かされるのではないかと思い、引っ込み思案にもなるのだった。

結論が出ず、気掛かりなまま返事も出さずにいたところ、ＪＭ社の総務課長の佐藤から電話が入った。

佐藤は、彬が生前最も目をかけ可愛がっていた部下である。葬儀の際も、その後も、こまごまと気配りをし励ましてくれた。その佐藤からの出席の有無を問う丁寧な電話である。とても断ることなどできない。ついつい出席すると答えてしまった。

列車は神通川に架かる鉄橋を渡っていた。窓に額を近づけ、目を下に落とすと、乳白色の太い帯が流れている。川原を覆う穂すすきの原が雨に煙っているのだ。水はその間をガラスのように光りながら細くうねり、岸近くに、鴨だろうか、鳥が二羽、黒い点となって浮かんでいた。

裕子は窓から目を離し、背もたれに頭を預けた。目をつむると、十年前のあの夜が鮮明に蘇ってくる。

あの夜、裕子は、三歳の健太《けんた》を寝かしつけようとしていた。健太の好きな「いなばのシロウサギ」を読んで聞かせていると、隣の部屋にある電話が鳴った。

もしかしたら、東京へ出張している彬からかもしれない。

寒の内で冷え込みも厳しく、カーディガンを羽織って受話器を取ると、彬とは違う甲高い男の声が何やら口早に言った。

「すみません。よく聞こえなかったんですけど、もう一度お願いできないでしょうか」

そう頼むと、その男は一瞬声をのんだように黙り込み、やがて一語一語区切るようにして言った。

「私、JM社の東京営業所の者ですが、先程課長さんが救急車で虎の門病院へ運ばれました。それで、現在は集中治療室で治療を受けておられるんですが、とにかく一刻も早くお知らせしなければならないと思いまして」

「ええっ、主人のことですか。すみません。どういうことでしょうか」

「夕食後のミーティングのときでした。ちょっと気分が悪いから中座させてもらうとおっしゃって、二、三歩歩かれたところでよろよろとされたかと思うと……」

そのあと、その男が何を言い、それに対して自分が何と答えたかは覚えていない。ただ、目の前が急に暗くなり、耳の奥でキーンと金属音が鳴り続けていたような気がする。

彬の死は、それから一時間後、同じ男からの電話で知らされた。危篤の知らせに、健太を本家に預け義兄の運転する車ですぐに虎の門病院へ向かうことになり準備をしていた矢先のことで、裕子はその場に崩れてしまった。

列車は、梨畑のそばを走っていた。四、五月には薄雪のように白く楚々《そそ》とした花が咲き、夏には黄土色のみずみずしい果実をたわわにつけていた梨棚だが、今では黄色く色づいた葉だけになっている。梨棚の向こうには刈り田が広がり、何を燃やすのか、遠くで白い煙が昇っていた。

裕子は、火葬場で納めの式が終わり、かまどに点火されたあと、胸の中に詰まっている重い空気を吐き出そうとして外に出たときに見た一筋の煙を思い出した。煙は冬晴れの空へ薄く細く立ち昇り、それが彬を荼毘《だび》に付しているものとはとても信ずることなどできなかった。

高岡駅でJR北陸線を降り、すぐにJR城端《じょうはな》線の列車に乗り込んだ。二十分後の発車だが、すでに列車がホームに入っていたからだ。列車は古い車両を二両連結したもので、シートの硬さといい窓の狭さといい、いかにもローカル線の各駅停車の車両であった。

窓際に席を取り、改めて車内やホームを眺めた。そして、その中に彬の姿を置いてみた。ついさっき自分が渡った跨線橋《こせんきょう》を急ぎ足で歩き、階段を駆け下りている長い足。ホームから通勤通学者で満員の列車に走り込み、ほっと一息ついて吊《つ》り革《かわ》に摑まる広い肩。列車が走りだすと、流れる風景を眺め、あるいは何かを思案して窓の外へ目を向ける眼鏡の奥の細い目、白く清々しいうなじ。

彬はJM社へ、春から秋にかけては車で通勤していた。けれども、冬は、JRを利用していた。坂とカーブが多い県道音川《おとがわ》線を雪の季節に車で通うのは危険だと考えていたからだ。

冬、まだ暗いうちに家を出て市電の駅へ向かう彬の後ろ姿を、裕子は今もしっかりと覚えている。コートの襟を立て、右手に黒のアタッシュケースを持って幾分気取り気味に歩いていくのだった。

発車のベルが鳴った。数人の男性が駆け込んできた。年のころは二十代もいれば五十歳前後の者もいる。皆一様にブラックスーツを着ているので、裕子は一瞬、同じ合同法要に出席する人たちかと思った。が、よく見ると、ネクタイがいずれもシルバーグレーか白黒の縞柄だった。多分、結婚披露宴にでも招待されているのだろう。

「それで、なにかね、この辺りでは、娘が結婚すると、娘の実家では婚家へ歳暮に鰤《ぶり》を贈るんだって?」

「ええ、まあ、全部が全部そうではないと思いますが、一部ではいまだにそういうことをしている家もあるようですね」

「もちろん、地の鰤で?」

「それはそうでしょう」

「随分するだろうな」

「最低五、六万はするんじゃないですか」

「それで、もらったほうは片身《かたみ》を返すとか」

「ええ、そうなんですよ」

「だけど、そんなことをしてちゃ、味も落ちるんじゃないのか」

「ええ、僕もそう思っていたんですが、ただ、このごろはクール宅急便というものがありますからね」

男たちはそんなことを言いながら、前の車両へと移っていった。

電車やバスの場合、仕方がないのかもしれないが、今を盛りの男たち数人に周囲に立たれるというのは息苦しいものである。立ち去ってくれてほっとし、窓の外へ目をやると、列車は見覚えのある風景の中を走っていた。風を防ぐために周りを屋敷林で囲った家が田んぼの中に点在する散居村の風景である。

裕子は、彬との結婚に際して媒酌人を務めてくれた夫婦のことを思い出した。たしかそんな風景の中にその家があったような気がしたからだ。そこで、記憶している方角や距離感を頼りにその家を目で探そうとした。が、飛び過ぎていく風景の中では、それは所詮無理なことのようであった。

彬と一緒にその家を訪ねたのは確か、三度だったと裕子は思う。最初は、媒酌人になってもらえるよう頼みに行ったときで、その次は新婚旅行から帰ってきたとき。三度目は、健太が生まれて数ヵ月後、彼を連れて行ったときだった。もちろん、そんなときの裕子は、彬の運転する車の助手席に座り、何の不安もなく飛び過ぎる風景を眺めていた。

窓の外には、刈り田が広がっていた。一部黒く見えるのは、掘り返されている部分である。圃場《ほじょう》整備でもしているのだろうが、ところどころ雨水がたまり、そこに晴れてきた空がくっきりと映っている。

二羽の鷺《さぎ》が舞い下りてきた。掘り返されて地上に出た虫でもついばもうとしているのかもしれない。

鷺というと、裕子は以前、その白い羽と美しい姿に憧れていた。ところが、このごろでは目を背けなければならないものになった。ホテルの前を流れる川の浅瀬に立っていた一羽の鷺を思い出してしまうからだ。

彬が亡くなった翌年の梅雨のころのことだった。会社から帰宅する途中で雨に濡れたのが悪かったか、熱が出るほどの風邪を引いてしまった。それでも食事の用意や健太の相手はしなければならない。出前を頼んだり平気を装って健太とは話をするようにしていたが、内心は心細く、生きていくのがしんどいとさえ思えた。

そんなときふと頭に浮かんだのが、串岡《くしおか》の磊落《らいらく》な笑顔だった。

あの人と話せば、こうした気持ちも晴れるかもしれない。

そこで、ついつい串岡の職場に電話をしてしまった。迷惑そうに、あるいは素っ気なく電話を切られてもしょうがないと思っていたのだが、串岡の応対は優しかった。そればかりか、わざわざ休暇を取って裕子の話を聞き、優しく裕子を抱いてくれた。

久しぶりに心が和み、裕子は、そっとカーテンを繰った。すると、ホテルの前を流れる川の浅瀬に立つ鷺が目に入った。

鷺は、裕子の所行を見続けていたかのようにそこにいつまでも立ち尽くしていた。大型で、羽の色が薄汚れて見える青鷺と言われる種類のものであった。

夕方、串岡との短い逢瀬《おうせ》の後、家へ向かう車の前を飛び過ぎた鷺も忘れられない。吹雪のために一寸刻みに進むしかなくて、自分の帰りを待つ健太を思って焦る裕子の心をあざ笑うかのように、白い羽を大きく広げてフロントガラスの前をよぎっていった。


串岡と初めて会ったのは俳句の吟行会のときだ。

裕子は学生のころから、「北斗《ほくと》」という俳句の会に入っていた。結婚してからは心の余裕もなくて、句を作ることも少なくなっていたのだが、彬の服喪《ふくも》期間も過ぎて、四月の例会が福野町の安居寺《あんごじ》で行われると知り、久しぶりに参加してみようかと思った。ＪＭ社のある福野町ということに心引かれたのかもしれない。安居寺の本堂の前の枝垂《しだ》れ桜が見事だという話も聞いていた。

当日は空は曇っていたが、風はなく暖かい日だった。

車を降りて、まず目に入ったのは安居寺の門前に立つ欅《けやき》だった。樹齢五百年ということで、幹の中程には瘤《こぶ》ができ、そこにぺんぺん草やシダが寄生している老木だが、それでもなお若葉の薄衣を纏い、堂々と立っていた。

会員たちはさっそく手帳に何やら書きつけて、長屋門《ながやもん》をくぐっていった。二時間余りの短い時間に五句作って提出しなければならないのだ。裕子も遅れてはならないとその門をくぐった。

長屋門の向こうには、唐破風《からはふ》の向拝《こうはい》がついた入母屋造《いりもやづく》りの本堂が建っていた。ただ、その本堂も後ろの杉木立も未だ冬から覚めないかのように黒ずんでおり、本堂の前の枝垂れ桜だけが薄紅色の花をつけて、辺りを明るませていた。

本堂から観音堂へ回り、そこで狩野永徳《かのうえいとく》らの筆になるという絵馬を見た。さすがに、ひずめの音や馬の鼻息まで聞こえてきそうな迫力のものである。観音堂を出ると、仁王門をくぐり、句を練りながら裏山を巡る道へと歩いていった。

すると、男の人が一人、石仏の前に立っていた。俳句手帳とボールペンを手にしているところからすると、「北斗」の会員に違いない。

裕子は、静かにそのほうへ歩いていった。自分も石仏で一句作りたいと思ったからだ。それに、その人の後ろ姿には引かれるものがあった。その人は彬よりも背丈は幾分高そうであった。

その分、肩幅も広いかと思われたが、肩の上にある白いうなじがどことなく彬のそれを思い出させた。

近づいてみると、石仏は、宝冠《ほうかん》と手にしている蓮華《れんげ》は鮮明であったが、あとはほとんど剝落《はくらく》しているものだった。

裕子はその人に話しかけてみた。

「大分傷んでますね」

すると、その人は石仏をのぞき込むようにして言った。

「ああ、寒暖の差や雨風にさらされて、自然と崩れ落ちたんでしょうな」

それから、体を起こしてこちらを向くと、

「それはそうと、先日、衛星放送でおもしろい俳句論争をやってましたね。ご覧になりましたか」

唐突に言った。

「いえ。……どんな論争ですか」

「全国俳句大会の実況中継だったんだが、応募してきた俳句の中に川を渡る蝶を詠んだ句がありましてね。金子兜太《とうた》が、この蝶は一匹じゃなく複数にしたほうがいいと言う。ところが、別の選者はこれでいいと言う。それでかなり激しい論争になったんですよ。いや、おもしろかったな」

「そうですか。それはぜひ見たかったですね。それに、そのやり取り、考えさせられます」

思わず応えたが、男の顔には見覚えがなかった。多分、裕子が欠席している間に加入した会員なのだろう。

軽く会釈《えしやく》をして裕子は歩きだした。すると、その男もそこを離れて裕子のあとをついてきた。そして、裏山へと上る階段を、裕子と前後しながら上っていった。石仏や草木について裕子に教えたり俳句手帳に句を書きつけたりしながら。

披講《ひこう》は安居寺の庫裏《くり》の一室を借りて行われた。互選では裕子の提出句にも何点かが入った。久しぶりの吟行で、あまりいい句はできなかったと落胆していたのだが、選ばれて、裕子は、うれしいというより、くすぐったい思いだった。

一緒に裏山を歩いた男の名が串岡であることを知ったのはそのときである。

串岡の句にも何点かが入っていた。巧《たく》みではあっても面白みの少ない俳句が多い中にあって、彼の句は、難解と言われたりもしていたが、斬新《ざんしん》で力強いものがあるように裕子には思えた。

串岡と初めてコーヒーを飲んだのは、次の吟行会の帰りだった。JR富山駅の改札口を出たところで挨拶をして別れようとすると、

「よかったらお茶でも」

向こうから誘ってきた。『北斗』の会員は二十数人いるが、その日の参加者で富山駅で降りたのは二人だけだった。

裕子は一瞬、どう応えようかと迷った。たとえ人の多くいる喫茶店でだろうと、男性と一対

一で向かい合うことにためらいを覚えたのだ。が、考えてみると、串岡は男性というより俳句を作る仲間である。自分にはない才能を持っており、話せばためになることも聞けそうな気がした。それに、彬が亡くなってからというもの、会社へ行く以外どちらかというと閉じこもってきた自分を解放するには、引っ込み思案になっていてはよくないとも思った。

喫茶店では、どんな俳句が自分は好きか、今後自分はどんな俳句を作っていきたいか、そのようなことについて一時間ばかり話し合ったことを覚えている。

串岡とドライブをしたのは、それから半月ばかりしてからだ。逢って話をしているうち、次回の吟行地は内灘《うちなだ》だという話になり、残念だが行けないと言ったところ連れていってくれたのだ。

重くのしかかる雨雲と暗く苛立つ海を見ながら、裕子はいつの間にか身の上話をしていた。夫の突然の死に途方に暮れてしまい、しばらくは何をする気にもならなかったこと。けれども、幼い健太のことを思うと、いつまでもこうしているわけにいかないと気づき、いろんなことを試みて何とか立ち直ってきたこと。句会に出るようになったのもその試みの一つであること……。

どうしてそのような話をする気になったのかは、自分でもよく分からない。彬からプロポーズをされたのが、そこから三十キロ南の千里浜《ちりはま》であったことを思い出したからだろうか。それとも、彬を偲《しの》ばせるうなじに、つい心を許したのか。抱え込んでいたもろもろの思いを、堰《せき》が切れたように吐き出していた。

浅瀬に立つ青鷺を見たのは、その帰り道でのことだ。

串岡は県立病院の薬剤師で、妻と子供が一人あった。ただ、串岡の話では、妻とは三年前から家庭内離婚の状態にあるということだった。

串岡は言った。

「乳癌の手術をしてからだね、表に出たがらなくなったのは。いや、その前から幾分その気はあったんだがね。手術をしたあと、それが極端に出てしまって。今ではほとんど閉じ籠もり、買い物にさえ行こうとしない」

「そうですか。じゃ、その買い物はどうしていらっしゃるの」

「もっぱら娘がやってくれてるよ。休みの日には俺がやったりね。そんな状態だから会話らしい会話はほとんど期待できない。もちろん寝室も、術後は娘の部屋を挟んで別々という状態だし」

だからただの同居人でしかないんだと串岡は言ったが、それでも裕子は、彼と逢っているとき、彼の妻を意識した。彼と過ごす時間が充実していればいるほど彼の妻を思い、罪の意識にさいなまれた。

彬の視線も裕子に付きまとった。服喪期間も過ぎている、もう解放されてもいいはずだ。そう思うのに、串岡の後ろから彬が目を凝らして自分を見ているように思えたのだ。

だから、裕子は串岡に抱かれながら口走った。

「そのうち罰を受けるわ。私たち、きっと罰を受ける」

そして、もう逢うまいと何度も覚悟した。が、それを口にしなかったのは、健太と二人だけの心細い生活に戻りたくなかったからだろうか。それとも、逢っているときの心や体のほてりが、それを言わせなかったということか。

結局、ためらい、ときには自己嫌悪を覚えながら、ずるずると逢い続けた。そして、いつかしら、罪を意識することも自己嫌悪することも少なくなっていった。

ところが、串岡と逢い始めて二年目の年も押し詰まったころのことだ。

夜、健太も寝てしまったあと、アイロンをかけていると、インターホンが鳴った。

こんな時間にインターホンを押すなんて、一体だれだろう。串岡か。まさか。串岡は家まで来るような男ではない。

玄関の上がり框に立ち、

「どなたですか」

と尋ねたが、答える声はない。

空耳《そらみみ》だったのかもしれないと思いながら、念のために外を見ておこうと鍵を開けた瞬間、ドアが向こうから引かれて、雪混じりの冷たく刺すような風とともに女が一人飛び込んできた。

女はフード付きの黒いコートを羽織っていた。フードの間からは、土気色《つちけ》の小さい顔がのぞいている。

裕子はとっさに、くるべきものがきたと思った。覚悟を決めて上がり框に腰を落とし、顔を上げたとき、女が何やら叫びながら裕子の上に被さってきた。

そのあとは、何がどうなったのか、よく分からない。左の大腿部に突き刺すような痛みが走り、気がついたときには串岡が裕子を抱き起こしていた。

串岡は言った。

「大丈夫か。いや、すまない。ちょっとしたことから口論になって。そうしたら、あいつ、気が狂ったように飛び出していって。それでもしやと思って来てみたんだが、やっぱりここだったか。……いや、君とのことは大分前から知っていたらしい」

そして、なお呆然としている裕子を車に乗せると、夜間緊急医のところに連れていった。

緊急医の前で裕子は、車の中で串岡とあらかじめ相談しておいたとおりに説明した。

「繕い物をしてましたら、そこへ電話がかかってきて。慌てて立ち上がった拍子に、多分テーブルが傾いたんでしょう。いえ、三本足のちょっとデザインの変わったテーブルだもんですから安定感はたしかに悪いんですけど。それで、そのはずみに鋏が飛んで……」

医者は訳ありと思ったようであった。けれども、黙って傷口を縫合すると帰してくれた。凶器は鋏だったが、幸か不幸か、鋏がジーンズの上を滑り、傷も浅く、三針縫うだけで済んだのだ。

抜糸《ばっし》が済み、通院する必要もなくなると、裕子は串岡に別れようと言った。それ以上串岡の奥さんを苦しめてはならない、自分も罪を重ねてはいけないという思いで。そして、そうした思いは串岡も同じだろうと思いながら。

だが、串岡は言った。

「君に傷を負わせて、別れるわけにはいかんだろう」

「別に、この程度の傷、そんなに責任を感じてもらわなくても……」

「そうはいかんさ」

結局、串岡は別れることに同意しなかった。

むしろ一方的に次に逢う日時や場所を決めてしまい、しぶしぶ出掛けていくと、拒んでも押し倒された。そんなふうにしてまた逢い続け、そのうち裕子のほうでも感覚が麻痺していって……。

串岡の妻が亡くなったのは、それから二年後、今から五年前のことだ。残っていた乳房も癌になり、手術をしたのだが、すでに手遅れの状態だったという。

串岡から結婚を申し込まれたのは、彼の妻の一周忌が終わって間もないころだ。三回忌のあとにも再び申し込まれた。

申し込まれて、裕子はうれしいというよりむしろ寂しい気持ちになった。妻が亡くなったからといってすぐに結婚を申し込んでくる串岡に軽さと計算高さのようなものを感じたからだ。結局、考え抜いたあと、二度とも首を横に振った。

最初のとき、裕子は言った。

「同じように俳句を作ってるし、教えられることも多いわ。だから、伴侶としてはこの上ない人だと思うの。ただ、奥さんが亡くなられてまだ一年ちょっとでしょう。待ってましたとばかりにその席に座ったんでは、世間の人が何と言うか」

二度目のときには、少しばかり考えさせてほしいと言った。

「あなたの娘さんは高校生よね。私の息子は中学生。まだまだ難しい年ごろだと思うのよ。だから、果たして私たちの結婚を素直に受け入れてくれるかどうか」

いずれも嘘ではなく、そうしたこともまた考えたのであったが、心の奥底にはさらに別の理由があったと今の裕子は思っている。自由を束縛されたくなかったのだ。彬が亡くなってすでに数年、独り身を続けていて、寂しくとも自由であるほうがいいと、いつのころからか思い始めていたのだ。

串岡が妻の一周忌に発行した句集を読んだことも、裕子に結婚を躊躇《ちゅうちょ》させた。その中で串岡は、肌、乳房、あるいは閨《けい》、陰《いん》などという、俳句にはあまり登場しない単語や文字まで大胆に取り入れて妻を情熱的に爽やかに詠んでいた。

裕子は嫉妬し、こんなことではとてもその人の住んだ家には住めないと思った。

串岡が亡くなったのは去年の一月末である。

そして、そのことを裕子が知ったのは、四十九日も過ぎてからだ。あまりにも連絡がないので、思い切って電話をしてみると、娘が電話口に出て、素っ気ない口調で言った。

「父は亡くなりました」

「えっ。お亡くなりに……。そうですか。ちっとも存じませんで。……で、立ち入ったことをお伺いしますが、どのようなことでお亡くなりに……」

「朝、雪掻きをしているときに倒れまして。それで、すぐに救急車を呼んだんですけど、間に合わなくて……」

「ということは……」

「くも膜下出血だそうです」

裕子は受話器を持ったまま、その場にしゃがみ込んだ。そして、思った。

自分と繋がりを持つ男はみんな早死にするのだろうか。

それ以来、しばらくの間、裕子は外へ出る気がしなかった。彬のときと同じようにだれとも口を利きたくなくて、閉じこもり、ただぼんやりと壁を眺めていた。

本福寺は、招待状に付いていた地図を見るまでもなく、すぐに分かった。ＪＲ福野駅を出て前の坂道を二百メートルばかり下り、右手を見ると、ブラックスーツを着た男性が数人、客や車の誘導をしていたからだ。

法要は本堂で、五人の僧侶によって厳かに執《と》り行われた。

読経《どきょう》が続く中、高く燃え上がり、あるいはゆらゆら揺れる蠟燭の灯を見つめながら、裕子はひたすら彬を思い、彬の冥福を祈ろうとした。

ところが、どうしても、彬が亡くなったあと味わわされたもろもろの思いが湧き上がってくる。突然訪れた彬の死を受け入れることができず、戸惑い、放心状態に陥り、空に向かって呪いの言葉を吐いたこと。自分だけがこんな思いをするのは不公平だと怒り、すべての人が同じ思いをすればいいなどと恐ろしいことさえ願ったこと。やり残したことも多くさぞかし無念だったろうと彬を思う一方で、健太と自分を残して黙って逝ってしまったと彬を恨んだこと。そんな状態から立ち直るために彬を忘れるしかなかったこと。そして始まった串岡との、罪の意識にさいなまれながらの逢瀬……。

僧侶が読経しながら裕子たちの周りを歩き始めた。そして、華筥《けこ》から紙で作った蓮華《れんげ》の花びらを取り上げては、はらりはらりと散らした。場を清め仏を供養する散華《さんげ》という儀式だが、花びらには、鳳凰《ほうおう》や鶴や鼓《つづみ》などが金銀をふんだんに使って美しく描かれている。

裕子の膝に落ちてきたのは表に天女、裏に笙《しょう》や花が描かれたものだった。裕子はそれを拾い、バッグの中にしまった。持っているとよいお守りになると、彬の母から聞いていたからだ。

法要が終わると、御斎《おとき》ということで庫裏の広間に案内された。

御斎では、彬が亡くなった当時社長だった人や総務部長や労務部長だった人、佐藤などが次々と裕子の前へ来て酌をし、彬について話した。

「高島君はいい男でしたね。嘘がなくて真面目で、本当によくやってくれました。わが社もお蔭でこうして堅実に発展してきましたが、今ここに彼のような人物がいたらどんなにか力強いことだろうと思いますよ」

「御主人があんなに早く亡くなられるとは思いもしませんでしたな。私とはときどき意見の衝突もありましたが、それだけにいいライバルだと思ってたんですよ。いや、惜しいことです」

「課長の思い出というと、天竜渓へ旅行したときのことですね。朝方になって寝たものですから目が開かないというのに、旅行に来て寝てるなんてもったいないと言って起こされましてね、朝食前の散歩に連れ出されたんですよ。あのバイタリティにはとても及ばないと思ったんですけどね」

裕子は微笑みながら、それらの言葉に耳を傾けた。そして、できるだけ丁寧に感謝の言葉を述べた。内心では、彬が亡くなったあと自分がどんな思いをしてきたか、そのへんも聞いてもらいたい衝動を覚えながら。

御斎が済み、本福寺を出たのは午後一時過ぎだった。

外は、晴れていたが、雨上がりのせいか、風はひんやりと湿っていた。萩の花が咲きこぼれている石畳を踏んで門のほうへ向かいながら、裕子は、それでも何とか一応務めを果たしたという思いでほっとしていた。

あとはできるだけ早くこの町から離れるだけである。

門を出て福野駅に向かって足を速めたとき、ＪＭ社の若い社員が近づいてきて言った。

「車を用意しましたので、どうぞこれでお帰りになってください」

見ると、社員の後ろにはタクシーが何台も止まっている。

「いえ、私は、そこの福野駅からＪＲに乗りますので」

後ずさりしたが、社員は、

「そうおっしゃらずにどうぞ」

無理やり裕子を車の中に押し込んでしまった。

「困ったわ。車で帰っていただきたいと言われても、ちょっと遠すぎるし」

裕子が当惑してつぶやくと、運転手が尋ねた。

「遠いって、どちらですか」

「富山市ですけど」

「富山？　そのくらい構わないんじゃないですか。どうせ社費で落とすんでしょうし」

運転手は気楽な言い方をするが、裕子としてはそうもいかない。

さて、どうしたものか。思案しているうちに、ふと安居寺の名が浮かんだ。

そこに全国的にも珍しい見返り阿弥陀像《あみだぞう》があると、吟行のあとで串岡から聞いたことを思い出したのだ。それを見、山懐《やまふところ》に抱かれている安居寺の静かなたたずまいの中に身を置いてみたら法要に出て疲れた心が癒《いや》されるかもしれない。

「やっぱり富山まで乗っていくわけにはいかないわ。……だから、そうね、安居寺へ行ってもらおうかしら」

「安居寺？　ああ、ヤッスイさんね。……分かりました」

運転手の声は、気のせいか、少しばかり不機嫌だった。

タクシーを降りたのは、安居寺の前のバス停のそばであった。

『北斗』の会で来たときにはさらにその上の長屋門の前までタクシーで上ってしまい、丹塗《にぬ》りの橋やその橋に続く参道は帰りに急いで下っただけだったから、今度はその橋から上ってみたいと思ったのだ。

歩いてみると、丹塗りの橋はどうやら結界《けっかい》の役目をしているようであった。というのは、橋を渡り、きつい上り坂になっている参道を歩いて行くと、間もなく両側に何百年という年輪を持つと思われる高い杉の並木が続き、別世界へ足を踏み入れたような気がしてきたからだ。杉の根元には小さい地蔵堂が建っており、その供花《きょうか》に誘われたのか、紋白蝶が来ていた。蝶は、裕子が近づくと、弱々しく羽ばたいて地面を這うように飛び去っていった。

参道を上りきると、句会のときに見た大欅があった。そして、その向こうには黒い瓦葺《かわらぶ》きの長屋門が見えた。裕子は、句会のときと同じようにその門をくぐった。

本堂は、風の冷たい日だというのに、戸が開け放たれていた。参拝客でもいるのかと思い、中をのぞいたが、だれもいない。靴を脱いで上がると、畳はぞくっとするほど冷えていた。

須弥壇《しゅみだん》の前に座って焼香をし、手を合わせた。朝からそこへ来るまでの間に頭の中に渦巻いたもろもろの思いをできるだけ払い、素直になりたいと思いながら。しかし、それはそうたやすいことではなかった。それどころか背中にまで冷えが上がってきて、そのまま座り続けていられなくなった。仕方なく立ち上がり、見返り阿弥陀像を探すことにした。

見返り阿弥陀像は像の高さが七、八十センチのもので、須弥壇の左手奥の棚に置かれていた。が、残念なことに明かりが乏しく、ただ一点、右目だけが、斜め後ろからの弱い明かりを受けて鈍く光り、裕子の心を凝視していた。

本堂を出て句会のときのように裏山への階段を上った。鼻や手が剝落した石仏や秋めいてきた草木を眺めながらゆっくりと上っていくと、目まぐるしく過ぎた歳月が思い出されてくる。

彬との五年間。……彬の突然の死。……串岡との八年……串岡との無言の別れ……。

空が急に広くなった。山の中腹にある駐車場に出たのだ。

裕子は足を止め、空を仰いだ。すると、頭の上を飛ぶ赤とんぼに目がとまった。それは数えきれない数で群れて、薄く夕焼けている空を川の流れのように流れていた。

口を衝いて句が出た。

歩を止めてあきつ流るる中にあり

初出一覧

草結び　『牧人』八三号　一九九二年（平成四年）九月
別れ雪　『ペン』一二号　二〇一七年（平成二九年）七月
蕎麦《そば》の花　『文芸思潮』四四号　二〇一二年（平成二四年）一月
第八回銀華文学賞優秀賞受賞
赤い眼　『文芸思潮』四九号　二〇一三年（平成二五年）一月
第九回銀華文学賞優秀賞受賞
瀬音　『とやま文学』一八号　二〇〇〇年（平成一二年）三月
川の主《ぬし》　『青嵐』五号　一九九三年（平成五年）九月
合作　『ペン』一〇号　二〇一五年（平成二七年）七月
たくあん　『いこい』一三号　一九八六年（昭和六一年）一月
白桃《はくとう》　『ペン』六号　二〇一一年（平成二三年）七月
あきつ流るる……　『青嵐』一〇号　一九九八年（平成一〇年）九月

あとがき

自分にはあとどのくらの時間が残されているのだろうと考えていると、もう一冊、短編集を出したいと思うようになりました。

そこで、先に出版した『雪解靄』と『有沢橋』に収めたもの以外で同人誌に発表したところ評判がよかったものや、文学賞を受賞できたもの、自分自身、愛着を覚えているもの、ということで選び出してみましたら、ここに収めた十編となりました。

すべて、経験したことや人に聞いた話などを題材にして書いたものですが、このようにして眺めてみますと、場面も登場人物もテーマもさまざまで、よくもまあ、こんなにあれこれ書いてきたものだと驚いております。

ご高覧いただければ幸せに存じます。

このあとも、書きたいと思うことは、絶えることなく出てくると思います。

無理をせず書いていきたいと思っておりますので、応援のほどお願いします。

あとがき

本書を出版するにつきましては、表紙のタイトルから装丁まで、そのほとんどを鳥影社様にお任せしました。

お蔭様でよい本になりまして、百瀬精一様をはじめとする鳥影社の方々に深くお礼を申し上げます。

令和五年八月十日

神通　明美

〈著者紹介〉

神通　明美（じんづう　あけみ）

本名　西嶋明美
1941年　富山市に生まれる
1961年から2002年まで裁判所に勤務
1999年　「秋黴雨」でとやま文学賞を受賞
2008年　「雪解靄」で銀華文学賞奨励賞を受賞
2011年　「引渡し」で銀華文学賞奨励賞を受賞
2012年　「蕎麦の花」で銀華文学賞優秀賞を受賞
2013年　「赤い眼」で銀華文学賞優秀賞を受賞
2016年　「有沢橋」で文芸思潮最優秀賞を受賞
短編小説集『雪解靄』（アジア文化社）
短編小説集『有沢橋』（鳥影社）
『かいむ』『青嵐』（富山市）『讃岐文学』などの同人誌に作品を発表し、
現在、文芸誌『ペン』（富山市）同人

あきつ流るる……
― 神通明美 短編集 ―

2023年9月7日初版第1刷印刷
著　者　神通明美
発行者　百瀬精一
発行所　鳥影社（www.choeisha.com）
〒160-0023　東京都新宿区西新宿3-5-12 トーカン新宿7F
電話　03-5948-6470, FAX 0120-586-771
〒392-0012　長野県諏訪市四賀 229-1（本社・編集室）
電話 0266-53-2903, FAX 0266-58-6771
印刷・製本　モリモト印刷

ISBN978-4-86782-030-8　C0093

有沢橋
神通 明美
CHOEISHA